D0992930

OFERTA IRRESISTIBLE

Julia James

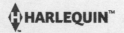

Editado por Harlequin Ibérica.
Una división de HarperCollins Ibérica, S.A.
Núñez de Balboa, 56
28001 Madrid

© 2019 Julia James
© 2020 Harlequin Ibérica, una división de HarperCollins Ibérica, S.A.
Oferta irresistible, n.º 2766 - 18.3.20
Título original: Irresistible Bargain with the Greek
Publicada originalmente por Harlequin Enterprises, Ltd.

I.S.B.N.: 978-84-1328-786-7
Depósito legal: M-728-2020
Impreso en España por: BLACK PRINT
Fecha impresion para Argentina: 14.9.20
Distribuidor exclusivo para España: LOGISTA
Distribuidor para México: Distibuidora Intermex, S.A. de C.V.
Distribuidores para Argentina: Interior, DGP, S.A. Alvarado 2118.
Cap. Fed./Buenos Aires y Gran Buenos Aires, VACCARO HNOS.

Prólogo

EL DORMITORIO aún estaba en penumbra. Las gruesas cortinas ocultaban la luz del amanecer. Arrastrando los pies, Talia se dirigió a la puerta. Todo su cuerpo protestaba en silencio, pero se obligó a hacer lo que debía.

Marcharse.

Dejar al hombre que dormía en la ancha cama, con el musculoso torso desnudo destapado, torso que, extasiada, había acariciado.

Le parecía que la emoción era un cuchillo que la evisceraba. ¡Abandonar al hombre que la había llevado a un paraíso que no soñaba que existiera! Al hombre que le había ofrecido, durante unas escasas y dichosas horas, la esperanza de algo que no conocía: la de escapar de la prisión en que se hallaba atrapada.

De la prisión a la que ahora volvía.

Porque no podía hacer otra cosa.

Al bajar el picaporte sin hacer ruido notó que el móvil le sonaba en el bolso, llamándola para que volviera a la prisión en la que tenía que vivir.

Volvió a sentir la cuchillada, que se burlaba de la noche maravillosa que acababa de pasar en los brazos de aquel hombre. La había mirado y ella supo instantáneamente que haría lo que no había hecho en su vida: entregarse a él sin vacilar.

Había dejado que se la llevara de la fiesta al tiempo que se deleitaba en el deseo sensual que la consumía y que era la primera vez que experimentaba. Sin duda se trataba de algo más que pasión física.

Había habido una conexión entre ambos tan tangible como sus cuerpos entrelazados; algo que los había atraído mutuamente. Una facilidad a la hora de hablar y comunicarse que la había hecho reír; una calidez y cercanía que había sido algo más que la unión de sus cuerpos.

El dolor casi la hizo gritar al abrir la puerta, incapaz de apartar la vista del hombre al que no volvería a ver.

La angustia la ahogaba. Nunca haría aquello de lo que habían hablado durante la noche.

«Ven conmigo», había dicho él con los ojos brillantes. «Esta noche solo es el comienzo de lo que nos espera estando juntos. Ven conmigo al Caribe. Hay mil islas que descubrir. Y cada una será para nosotros. Ven conmigo».

Su voz le resonó cálida y vibrante en el cerebro.

Se llevó la mano a la boca para ahogar un gemido. Le era imposible irse con él.

Le resultaba imposible hacer cualquier otra cosa que no fuera lo que estaba haciendo.

Abandonarlo.

Capítulo 1

La noche anterior

Luke Xenakis observó el almacén victoriano reconvertido en pisos de lujo en los Docklands de Londres. Venía de la City, después de la reunión definitiva con su agente de bolsa, una reunión que le había costado conseguir más de diez años terribles.

Y ahora, por fin, había logrado lo que se había propuesto. Por fin tenía agarrado a su enemigo por el cuello.

Ojo por ojo.

Sus antepasados no hubieran dudado en llevar a la práctica esa amarga verdad. Luke hizo una mueca al entrar en el edificio. Sin embargo, en aquellos tiempos más civilizados tenía que haber otras formas de administrar una justicia salvaje a quien se lo merecía. Y esa noche se haría justicia.

En el plazo de veinticuatro horas, su enemigo quedaría eliminado desde el punto de vista financiero, económicamente arruinado.

La mueca se transformó en una sonrisa salvaje.

Subió por la escalera de hierro hasta el ático, desde donde le llegaba el sonido de una música a alto volumen, lo que le hizo olvidar cualquier otro pensamiento.

Era lo que deseaba en aquel momento.

El comienzo de una nueva vida.

Talia se detuvo en el descansillo del ático, súbitamente vacilante. ¿Debía entrar a la fiesta que se celebraba en su interior?

«Lo necesito», se dijo.

Esa noche, por espacio de unas horas, se perdería. Se olvidaría de las dificultades de su vida, de la presión que aumentaba progresivamente.

Suspiró. Los nervios de su pobre madre estaban peor que nunca y el malhumor de su padre había aumentado durante los meses anteriores. No sabía el motivo ni quería saberlo. Empleaba toda su energía en intentar calmar a su madre y aplacar a su tiránico padre, para que no lo pagara con su madre.

Era estresante y agotador, pero no tenía otro remedio.

«Así que tengo que seguir siendo Nastasha Grantham, hija ornamental del magnate Gerald Grantham, de la inmobiliaria Grantham Land. Debo formar parte de la imagen que él proyecta, junto con su elegante esposa, su enorme mansión al lado del Támesis, y su aún más enorme villa en Marbella. Y los pisos de lujo por todo el mundo, la flota de coches de lujo, el yate y el jet privado. Todo ello para que los demás le envidien el éxito y la riqueza».

Era lo único que le importaba a su padre: el éxito y la imagen, no su esposa ni su hija, desde luego.

Lo más penoso, pensó Talia, era que, aunque ella era dolorosamente consciente de la verdad, su madre seguía creyendo que su padre sentía devoción por ellas. Siempre hallaba excusas para su comportamiento, como la presión laboral o las exigencias de su trabajo, y afirmaba que todo lo hacía por ellas. Sin embargo, Talia sabía que su padre solo sentía devoción por sí mismo.

Su madre y ella eran meras posesiones para mejorar su imagen. Esperaba que Maxine, su esposa, fuera una brillante anfitriona, y ella, una abnegada hija que trabajaba para él como diseñadora de interiores, se encargaba de la decoración de las propiedades que compraba y tenía que estar disponible para los innumerables acontecimientos sociales a los que le exigía que acudiera. A cambio, podía vivir en uno de sus muchos pisos de Londres, sin pagar alquiler, y recibía una paga para ropa.

El mundo la consideraba una princesa mimada, la niña de papá, cuando la realidad era brutalmente distinta. Era un peón en el despiadado juego de poder de su padre, que controlaba con mano de hierro todos los aspectos de su vida.

Alejarse el tiempo que fuera de sus exigencias era para ella muy valioso. Como esa noche. Había aceptado una invitación para acudir a la fiesta de alguien al que conocía del mundo del diseño. No era lo que solía hacer. En las escasas noches que tenía libres, se quedaba en casa o iba a un concierto o al teatro, sola o con una amiga.

Nunca con un hombre.

No salía con hombres. Solo una vez, con algo más de veinte años, había tenido una relación con un chico, pero su padre había utilizado su influencia para arruinar la carrera del joven, y luego se lo había contado. A ella le había servido de lección.

Ahora, a los veintiséis años, le resultaba difícil aceptar que no podría tener una relación con quien quisiera.

A su alrededor, los asistentes a la fiesta hablaban, bailaban y flirteaban.

«¿Cuánto más podré soportar esta vida?», se preguntó.

Nunca le había parecido más insoportable la jaula dorada en que vivía. Nunca se había sentido más desesperada por huir.

Y esa noche se escaparía. Se sumergiría en la fiesta y el baile. Su madre estaba en la mansión del Támesis y su padre en el extranjero, probablemente con una de sus amantes.

¡Cuanto más tiempo estuviera fuera, mejor!

Avanzó, entre la multitud, hacia el bar que había visto al otro lado de la habitación. Mientras lo hacía, notó que los hombres la miraban. Era una sensación familiar. Sabía que el cabello y los ojos castaños, los finos rasgos y la piel inmaculada formaban parte de la imagen que su padre quería que presentara al mundo, ya que tener una hermosa hija de la que presumir lo beneficiaba.

Normalmente se vestía como él quería. Pero esa noche estaba desafiando las reglas. Sacudió la cabeza y sintió el cabello suelto, cuando lo habitual era que lo llevara recogido, en la espalda desnuda. También se había maquillado más de lo normal.

El vestido sin tirantes y de color borgoña que llevaba, más corto y ajustado de lo habitual, lo había comprado esa tarde de forma impulsiva en una tienda de diseño de segunda mano, de la que era cliente habitual porque le permitía ahorrar parte de la paga que recibía. Había abierto una cuenta a su nombre, que su padre no controlaba, por si algún día llegaba a ser libre.

Al llegar al bar apoyó las muñecas, llenas de pulseras, en la barra. Quería tomar algo, no para emborracharse, sino para demostrarse a sí misma que esa noche iba a hacer lo que quisiera.

Dejarse llevar, aunque solo fuera por una vez.

—Un vino blanco, por favor —dijo sonriendo al camarero.

—Y una ginebra para mí.

La voz a sus espaldas era profunda y con un leve acento extranjero. Ella miró hacia atrás y se quedó paralizada.

El hombre era muy alto. Talia abrió mucho los ojos al contemplarlo, una respuesta instintiva y visceral ante lo que veía:

Cabello negro, ojos negros, mandíbula firme, nariz recta, boca esculpida, hombros anchos, pecho amplio, caderas estrechas y piernas muy, muy largas.

La mirada del hombre se desvió del barman hacia ella, que experimentó una reacción aún más visceral. Se dio cuenta inmediatamente, por la mirada de él, de que le gustaba lo que veía y que no trataba de ocultarlo. Un intenso temblor la recorrió.

Era como si él supiera que aceptaría de buen grado que le gustara su aspecto, como si supiera que lo iba a corresponder. Como si no tuviera ni idea de que era hija de Gerald Grantham, que no era libre de seguir sus impulsos, fueran cuales fueran. Fuese lo que fuese lo que aquel hombre la incitara a hacer.

Ante su mirada de aprobación fue consciente de sus senos, la curva de sus caderas, la garganta expuesta a su vista y el cabello cayéndole por la espalda desnuda.

Contuvo la respiración, sorprendida por su reacción incontrolable. Sabía que se le habían dilatado las pupilas y que no había nada que pudiera hacer para disimular su reacción.

«¿Qué me pasa?».

Aquello no se parecía a nada que hubiera experimentado, ni siquiera con el amante que había tenido.

Él extendió la mano para agarrar el vaso que el barman le había dejado en la barra y se lo llevó lentamente a la boca.

–Por una noche repentinamente más interesante –dijo inclinando el vaso hacia ella y mirándola con ojos brillantes.

Durante unos segundos, a Talia le resultó imposible apartar la mirada de sus ojos.

«¿Qué me ha hecho para que reaccione así?».

Hizo un esfuerzo para recomponer su expresión y, sin responderle, lo que hubiera sido imposible porque estaba sin aliento, agarró la copa de vino, que también estaba en la barra.

Dio un trago más grande de lo que pretendía, pero lo necesitaba.

Se dio cuenta de que el hombre le tendía la mano que tenía libre. Llevaba pantalones oscuros y una camisa blanca con el cuello abierto y los puños doblados, que dejaban al descubierto unas muñecas bronceadas, en una de las cuales lucía un reloj de una lujosa marca. Ni siquiera aquellos que frecuentaban fiestas como esa podían permitirse fácilmente esa clase de reloj.

Sus negros ojos seguían fijos en ella. El brillo había desaparecido y ahora le dirigían una mirada especulativa.

—Luke —dijo él, con la mano aún tendida hacia ella.

Como si su mano tuviera vida propia, Talia tomó la de él y sintió la frialdad y la fuerza de sus dedos.

—Talia —contestó sonriendo.

Utilizó el nombre que había adoptado como propio. Su padre la llamaba Natasha, en vez de Natalia, que era su nombre y como la llamaba su madre. Pero «Talia» no era ni la hija prisionera de su padre ni la guardiana protectora de su madre. «Talia» era ella.

—Talia…

En boca de él le pareció más exótico y sensual. Su voz tenía un leve acento, un timbre que la hacía vibrar en un plano subliminal.

Él dio un trago de ginebra antes de dejar el vaso en la barra y apoyar el antebrazo en ella. Parecía relajado.

Pero no lo estaba, pensó ella. Era una pantera que intentaba no asustar a su presa antes de estar lista para abalanzarse sobre ella.

—Háblame de ti, Talia.

Lo dijo con despreocupación, como una forma de continuar la conversación, una conversación basada no en quiénes eran, sino en la corriente que se había establecido entre ambos.

Ella dio otro sorbo de vino. ¿Debía prolongar aquello, teniendo en cuenta el poderoso impacto físico que aquel hombre le había producido?

—Soy interiorista —se oyó a sí misma decir.

Lo hizo con voz firme, de lo que se alegró, porque no se correspondía en absoluto con lo que sentía. Dio otro sorbo de vino. Vio que él enarcaba una ceja mirando a su austero alrededor.

—¿Este sitio, por ejemplo?

—No, no es mi estilo.

Aunque aquel austero estilo modernista no era el suyo, nunca había manifestado cuál era este. Su padre le dictaba exactamente lo que quería: interiores ostentosos que parecieran costar mucho dinero. Y debía conseguirlos con un presupuesto mínimo para que su padre obtuviera el máximo beneficio al venderlos.

Detestaba todo lo que diseñaba para su padre.

«¡No!».

No iba a pensar en él en aquel momento ni en nada relacionado con la prisión en que vivía. No iba a hacerlo cuando aquel hombre extraordinario le prestaba toda su atención, haciendo que se le acelerara el pulso.

—¿Y tú? —preguntó mientras asimilaba los rasgos de su rostro, la forma en que el color de sus ojos coincidía con el de su cabello... asimilando todo de él.

—Me dedico a invertir.

—Se te debe dar bien —respondió ella mientras dirigía la vista al caro reloj de su muñeca.

Él se percató de su mirada.

—Es un regalo que me he hecho hoy —afirmó en tono seco.

—¡Muy bonito! —murmuró Talia, en tono aún más seco—. ¿Es tu cumpleaños?

—Mejor aún —contestó él, antes de dar otro sorbo de ginebra—. Acabo de lograr algo a lo que he dedicado más de diez años. Va a ser un momento dulce.

Su voz tenía un tono inquietante.

Era un hombre al que no había que contrariar.

—Pareces muy emprendedor.

—¿Emprendedor? Ah, sí... —durante uno segundos,

pareció estar muy lejos. Después, bruscamente, volvió a centrar la atención en ella–. ¿Por qué estás aquí esta noche, Talia?

Ella se encogió de hombros.

–¿Por qué va uno a una fiesta?

–¿Quieres que te conteste? –la desafió él.

La respuesta no pronunciada era que mucha gente iba a fiestas a ver y a ser vista. Y a ligar.

Ella negó levemente con la cabeza y dio otro trago de la copa. A continuación, como si el vino la hubiera envalentonado, volvió a mirarlo.

–¿Has venido por eso?

–Tal vez –murmuró él sin apartar la mirada de ella.

Talia notó que se sofocaba. Sintió un calor al que no estaba acostumbrada, un calor que podía quemarla.

«Esto va demasiado deprisa. Debería marcharme, hablar con otra gente…».

Pero él seguía hablando. Acabó la bebida y dejó el vaso en la barra. Examinó a Talia de arriba abajo y toda precaución se evaporó en ella. Experimentó una mareante sensación de libertad, de lo que esta podía ofrecerle. No sabía lo que tenía aquel hombre, pero en su vida había experimentado un impacto igual al que le producía.

Y no podía ni quería resistirse.

–Pero de una cosa estoy seguro –oyó que decía él–. Y es de que esta noche hay que beber champán.

Se volvió hacia el barman, que inmediatamente les puso delante dos copas. Talia tomó una.

–¿Vamos a brindar por tu «momento dulce»? –preguntó al tiempo que la levantaba y sonreía.

Él alzó la suya.

–Por algo más –dijo él.

El mensaje era inequívoco e indicaba a Talia qué sería ese «algo más».

Y con los ojos le dio la respuesta.

Luke estaba tumbado, con un brazo detrás de la cabeza, y el otro alrededor de la cintura de Talia, cuyo largo cabello le cubría el pecho. Sentía su cálido aliento en el hombro, mientras dormía. ¡Por Dios!, ¿había habido otra noche en su vida como aquella?

Era una pregunta sin sentido. ¡No había estado con ninguna mujer como esa!

«Lo supe desde el primer momento».

Desde el momento en que la había visto en el bar, con el cabello cayéndole por la espalda desnuda y su cuerpo espectacular envuelto en aquel ajustado vestido rojo oscuro. Y su rostro... Su belleza era tan asombrosa que lo había dejado sin aliento.

Lo había invadido un deseo instantáneo, la inequívoca reacción primitiva de un hombre ante una mujer que lo atraía intensamente.

«Talia».

La había conocido solo unas horas antes, pero le había revolucionado la vida.

La había deseado desde el primer momento sabiendo que ella, de entre todas las mujeres del mundo, era la que marcaría el nuevo comienzo de su vida.

«Mi antigua vida se ha acabado. He logrado lo que tenía que hacer, la tarea que se me encomendó el día en que mi padre murió de pena por lo que le habían arrebatado y el día en que mi madre murió con el corazón destrozado».

Sus pensamientos se oscurecieron y retrocedieron

hasta le momento en que había jurado que vengaría a sus padres, a los que habían despojado, mediante engaños, de todo lo que tenían.

El estrés producido por ello había matado a su padre, y el hombre que lo había hecho se había reído de Luke cuando, con apenas veinte años, había irrumpido, lleno de ira, en su despacho, y el hombre había encendido un puro y llamado a sus guardaespaldas para que le dieran una paliza, al hijo de su víctima, y lo echaran a la calle.

«Y ahora lo he destruido. Le he arrebatado todo, igual que él hizo con mis padres. Por fin pueden descansar en paz».

Y también él podía descansar del interminable esfuerzo de ganar más y más dinero, para forjar el arma que acabaría con su enemigo.

Ahora tenía toda la vida por delante.

Se había preguntado qué haría con ella, pero, de repente, su expresión se dulcificó.

Durante los largos años en que había amasado su fortuna, solo había tenido aventuras ocasionales con mujeres que solo querían eso; aventuras que eran un breve respiro con respecto al oscuro propósito de su vida.

«No era libre de hacer otra cosa».

Pero ahora había alcanzado su objetivo, por lo que no había nada que le impidiera buscar a una mujer que le cambiara la vida y que lo acompañara en el viaje hacia el brillante futuro que le esperaba.

¡Y la había encontrado!

El instinto le decía que era ella.

La atrajo hacia sí y le rozó la mejilla con la boca. Ella se removió en sus brazos. Él notó que renacía el deseo que ambos habían satisfecho con urgencia al marcharse de la fiesta e ir a su hotel.

Habían cenado en la suite y bebido más champán. No sabía de qué habían hablado, pero no de ellos mismos. Lo habían hecho con facilidad y familiaridad, como si hiciera mucho que se conocieran.

Y él la había encontrado precisamente en la noche en que había vengado a sus padres destruyendo a su enemigo. Quería que aquella noche fuera especial, ya que marcaría el comienzo de su nueva vida.

Y la pasaría con aquella mujer, solo con ella.

Volvió a besarla en la mejilla, lleno de emoción. Ella volvió a removerse y él deslizó la boca desde su mejilla hasta sus labios entreabiertos. Notó que se despertaba y que, al acariciar la dulce elevación de su seno, el pezón se endurecía bajo la palma de su mano. Lo que hizo que aumentara su excitación.

Quería volver a poseerla y que lo poseyera.

La besó con mayor profundidad y ella le respondió mientras abría los ojos, llenos de un deseo que él se alegraba de compartir y saciar. Su cuerpo se situó sobre el de ella al tiempo que murmuraba su nombre y la acariciaba. Le separó los muslos, mientras ella lo abrazaba susurrando su nombre y ahogándose en sus besos.

La segunda vez fue tan maravillosa como la primera. Ambos alcanzaron el clímax con una intensidad que fusionó sus cuerpos de forma absoluta. Después, con el corazón todavía latiéndoles a toda velocidad, él abrazó su tembloroso cuerpo.

Le apartó el cabello de la cara y le sonrió. Y habló con voz seria.

–Sabes que esto no puede ser cosa de una sola noche, ¿verdad?

Ella lo miró a los ojos.

–¿Cómo podría ser otra cosa?

–¿No ves lo especial que es? Esta noche es solo el comienzo de lo que tendremos juntos –la besó en la boca–. Ven conmigo hoy, inmediatamente, esta misma mañana.

Durante unos segundos, los ojos de ella lo miraron atormentados, pero la expresión desapareció inmediatamente, como si la hubiera borrado de forma consciente.

–¿Adónde? –preguntó ella, llena de una emoción indescriptible.

–Donde queramos. Di un sitio al que quieras ir. Cualquier sitio.

Ella se echó a reír.

–¡Al Caribe! Nunca he estado allí.

–¡Hecho! –él también rio–. Ahora, lo único que debes hacer es elegir la isla –volvió a tumbarse de espaldas echándole un brazo por debajo de los hombros y colocándole el otro en el costado–. Hay miles para elegir. Podemos explorarlas todas.

Oyó que ella volvía a reírse y le acarició la mejilla.

–Ven conmigo –su voz era seria e intensa–. Ven conmigo.

La miró a los ojos, que volvían a denotar preocupación.

¿Acaso creía que no hablaba en serio? Le deslizó la mano por el estómago que notó que se tensaba.

–Voy a convencerte –dijo con voz ronca.

La emoción lo invadió con la misma fuerza que el deseo.

«No voy a perderla, ahora no».

Fue su último pensamiento consciente antes de que se despertara de nuevo en ellos la pasión y el deseo lo consumiera todo.

«No voy a perderla...».

Luke se removió. Algo andaba mal. Extendió el brazo, pero solo tocó las frías sábanas. Abrió los ojos y se dirigió inmediatamente al cuarto de baño. No había nadie allí. Miró a su alrededor.

Talia no estaba.

Y tampoco estaban el bolso, los zapatos, la chaqueta ni el vestido. Ni la ropa interior de la que se había despojado al llevarla a la cama.

No había ni rastro de ella.

Salvo una nota en el escritorio.

Se levantó. Algo lo oprimía interiormente, como una boa que se le enroscara para arrancarle la vida.

Luke, tengo que irme. No he querido despertarte.

Y eso era todo. Durante unos segundos se limitó a mirar la nota como si se hubiera quedado sin aire. Después, la tiró a la papelera.

Entró en el cuarto de baño negándose a sentir emoción alguna.

Capítulo 2

TALIA iba en un taxi y miraba el móvil, que le indicaba que se estaba quedando sin batería, lo cual, en cierto modo, la alegraba. El cerebro no le funcionaba como era debido. Parecía que se le había partido en dos y que ambas partes no se conectaban entre sí. Ella seguía con Luke, abrazada a su cuerpo y soñando con islas caribeñas.

«Islas a las que escapar, donde sería libre».

Libre de lo que sus ojos le transmitían al cerebro mientras volvía a leer los mensajes suplicantes de su madre.

Llámame, cariño. Tienes que llamarme. ¡Debes hacerlo!

Se resistía a hacer la llamada, pero el miedo se había apoderado de ella. Era la primera vez que su madre parecía tan desesperada.

Pero antes de llamar, tenía que llegar a su casa, poner el teléfono a cargar y ducharse, quitarse a Luke de la piel. Y debía ponerse su ropa de diario, la que consideraba ropa de prisionera.

Sintió una punzada de angustia, pero la silenció. No tenía otro remedio. La puerta de su cárcel se había abierto, pero solo unos segundos, antes de cerrarse de nuevo. Volvió a sentir miedo.

¿Por qué estaba su madre tan desesperada?

El taxista se detuvo ante el edificio de su piso, le pagó, metió el teléfono en el bolso y se apresuró hacia el portal.

El portero la detuvo alzando una mano.

—Lo siento, señorita Grantham, pero tengo órdenes de no dejar entrar a nadie.

Ella lo miró sin comprender.

—¿Órdenes?

—Sí, señorita. De los nuevos dueños.

Ella intentó entender lo que le decía.

—¿Alguien ha comprado el edificio a Grantham Land? —preguntó estúpidamente.

Él hombre negó con la cabeza al tiempo que la miraba con compasión.

—No, señorita. Alguien ha comprado Grantham Land..., lo que queda de ella.

La madre de Talia corrió a abrazarla.

—¡Ay, cariño, gracias a Dios! Menos mal que has llegado. ¿Qué sucede? ¿Cómo ha pasado esto?

Estaba histérica y Talia se hallaba asimismo al borde de la histeria.

No sabía cómo había llegado del centro de Londres a casa de sus padres. El cerebro le había dejado de funcionar. Abrazó instintivamente a su madre, que lloraba, y le preguntó:

—¿Dónde está papá?

Su madre echó la cabeza hacia atrás. Estaba despeinada y sin maquillar. Parecía haber envejecido.

—¡No lo localizo! —su voz seguía sonando histérica—. Lo he llamado sin parar y no contesta. Ni siquiera en el teléfono del despacho. ¡Le ha tenido que pasar algo! ¡Lo sé!

Talia apartó a su madre con suavidad.

—Voy a averiguar qué ha pasado.

Lo dijo con voz quebrada, pero tenía que descubrir qué le había pasado a la empresa de su padre. Y a su padre.

Entró en Internet y cinco minutos después lo había averiguado. Era el titular de toda la prensa financiera.

Grantham Land se hunde: LX Holdings recoge los restos.

Leyó el artículo en estado de shock, sin poder creérselo. Pero era cierto. La empresa de su padre se había ido a pique bajo el peso de un montón de deudas ocultas, y un nuevo dueño había adquirido lo que quedaba de ella.

Al igual que había hecho su madre, que sollozaba en el sofá mientras ella utilizaba el ordenador portátil, llamó al despacho de su padre, sin obtener respuesta. Pero, a diferencia de su madre, se puso a buscar el número de la empresa que había comprado lo que quedaba de Grantham Land, pero parecía que LX Holdings no existía, al menos, no en el Reino Unido.

Comenzó a buscar empresas extranjeras, pero se dio cuenta de lo poco que sabía al respecto. Tampoco la prensa parecía saber mucho. Para describir la empresa compradora utilizaban el adjetivo «hermética».

En cuanto al paradero de su padre, Talia tenía la certeza de que se había escondido y no sería fácil encontrarlo. En cuanto a que fuera a molestarse en ponerse en contacto con su esposa e hija…

Apretó los labios. Volvió la cabeza hacia su madre, hecha un ovillo y exhausta. ¿Le importaban ellas a su padre?

Sabía la respuesta: no, no le importaban. Las había

abandonado a las consecuencias, cualesquiera que fuesen, de aquella debacle.

Consecuencias que, una semana después, sabría que eran catastróficas.

Luke se hallaba sentado en su despacho. Por la ventana veía el lago de Lucerna. Había elegido ese sitio para montar su cuartel general debido a su tranquilidad.

A lo largo de su carrera se había esforzado en llamar la atención lo menos posible. La prensa financiera calificaba su compañía de «hermética», y le gustaba ese adjetivo.

La estructura corporativa era deliberadamente opaca, con el fin de amasar la fortuna que necesitaba para sus propósitos del modo más discreto posible y, cuando fuera suficiente, llevar a su enemigo a la destrucción.

Y ahora había derrotado a su enemigo. Lo había destruido por completo, borrado de la faz de la tierra, parecía que en sentido literal. Porque, como la rata de alcantarilla que era, se había escondido.

Luke se hacía una idea de dónde había ido, y no era un lugar en el que él se sentiría seguro. Aquellos a quienes su enemigo había pedido dinero prestado, en un desesperado intento final de evitar la ruina que lo amenazaba, no iban a perdonarle que no pudiera devolvérselo.

No era problema suyo. Su problema era qué iba a hacer con su vida.

Se le contrajo el estómago y se le endureció la expresión del rostro.

Habían pasado semanas desde la noche que había transformado su existencia, cuando precipitadamente había creído que su nueva vida había comenzado, libre al fin de la tarea que se había autoimpuesto. Seguía sin poder aceptar lo que Talia había hecho y lo completamente equivocado que había estado sobre ella.

«Creí que sentía lo mismo que yo. Pensé que lo que había entre nosotros era tan especial para ella, tan alucinante, maravilloso y duradero, como para mí. Creí que habíamos iniciado algo que nos cambiaría la vida».

Pues se había equivocado. Aquella noche increíble no había significado nada para ella, nada en absoluto.

«Se marchó sin decirme nada, dejándome aquella nota brutal. ¿Cómo pude equivocarme tanto sobre ella?».

En los agotadores años que habían transcurrido desde que se había propuesto vengarse del hombre que había llevado a la tumba a su padre, no había tenido tiempo para relacionarse con mujeres, solo de manera ocasional. ¿Por eso se había equivocado tanto con Talia?

«¿Qué sé de las mujeres?, ¿de lo que te prometen y de cómo te engañan?».

Suspirando, agarró la carpeta que había frente a él. La abrió para distraerse de sus torturantes pensamientos.

Las fotos de su interior se burlaban de él, pero se obligó a mirarlas y a leer las detalladas notas que acompañaban las complejas cifras de los análisis financieros.

Hizo un esfuerzo para concentrarse. Le esperaba el

resto de su vida, así que más le valía llenarla de alguna manera.

Su equipo de adquisiciones estaba ocupado arrancando la carne que quedara en el esqueleto de su víctima, y él sabía que lo haría con extremada eficiencia. Había dejado que se ocuparan ellos. Su objetivo era destruir a su enemigo, no ganar dinero con su destrucción. Disponía de una cantidad de dinero que le permitiría llevar una vida de lujo hasta el fin de sus días. Ahora, lo que buscaba era invertir por placer. Y aquel proyecto, presentado en las fotos que miraba, serviría.

Hizo una mueca. En las fotos se veían palmeras, un mar azul y la verde vegetación del Caribe.

«La habría llevado allí…».

Pensarlo le dejó una sensación de vacío que no consiguió hacer desaparecer.

Talia miraba por la ventanilla del avión que la llevaba a España. Estaba aterrorizada.

Su madre estaba en la villa de Marbella, donde Talia la había llevado en los primeros días de pesadilla tras la desaparición y la ruina económica de su padre.

Un abogado con cara de póquer, que había convocado a Talia a una reunión en el antiguo cuartel general de su padre en la City, se lo había explicado. Allí, ella vio que hombres fornidos desmantelaban y vaciaban los despachos, ahora desiertos. La ruina de su padre no solo afectaba a los bienes de la empresa, sino también a sus propiedades personales.

«Tu padre puso todo lo que poseía en la empresa», recordó que le había dicho el abogado. «Al principio, por las ventajas fiscales y, después, para apuntalar las cuentas. En consecuencia, todo pasa ahora al nuevo dueño».

Ella se había puesto pálida. El abogado había hecho una pausa, antes de proseguir sin pestañear: «Incluyendo, desde luego, la mansión a la orilla del Támesis y todo lo que contiene».

Talia se había puesto aún más pálida.

«La propiedad deberá estar libre al final de la semana», había concluido el hombre.

Así que ella se había llevado a su madre a España, dando gracias porque no les hubieran arrebatado la villa. Aparecía como propiedad de otra empresa, una compañía fantasma en un paraíso fiscal.

En España había intentado poner en orden los bienes que les quedaban, que eran muy escasos. Las cuentas bancarias y las tarjetas de crédito estaban congeladas. De no haber sido por su cuenta personal secreta, la que había abierto desafiando las instrucciones de su padre, ni siquiera habría podido comprar comida ni los billetes de avión. Ni pagar a María, el único miembro del personal de la villa española que había podido conservar. La necesitaba para que atendiera a su madre cuando ella volviera a Londres para ver si podía salvar algo más.

Pero había sido justo lo contrario. Tendría que dar a su madre una pésima noticia: les iban a quitar la villa de Marbella.

Les habían dado dos semanas para marcharse. Durante ese tiempo, ella tendría que buscar un sitio para vivir y evitar que su madre acabara por desmoronarse del todo. Sabía que, para ella, perder la villa, además de todos sus bienes y a su marido, sería la puntilla. Se negaba a creer que había perdido a su esposo.

«Volverá, cariño», las penosas palabras de su madre le resonaron en los oídos. «Está resolviendo las cosas y todo volverá a ser como antes».

Talia sabía que no sería así. Su padre no iba a volver. Había salvado el pellejo y abandonado a su esposa e hija para que se enfrentaran a la ruina total.

Su madre volvió a repetir sus palabras esperanzadas esa noche, cuando Talia llegó a la villa, cuya opulencia se burlaba de ella. Talia no dijo nada. Se limitó a abrazarla. Estaba más delgada que nunca y tenía el rostro macilento. Parecía enferma. María, llevándosela a un lado, le manifestó su preocupación por su salud.

Talia negó con la cabeza, llena de miedo por la noticia que tenía que dar a su madre.

La dejó hablar sobre la necesidad de limpiar la piscina y de que María tuviera ayuda, ya que no podía con una casa tan enorme ella sola. Además, tenía que ir a ver a Rafael a la ciudad, que era la única persona que sabía peinarla, ya que no estaba dispuesta a que su esposo la viera con aquellos pelos de bruja cuando volviera, lo cual, sin duda, sería muy pronto.

Era indudable que Talia ya debía haber tenido noticias de su padre, ya que ella no las había tenido. Y estaba muerta de preocupación por él, porque algo terrible debía de haberle pasado para que no se pusiera en contacto con ella.

Talia lo soportó lo mejor que pudo al tiempo que le decía palabras tranquilizadoras y sin sentido. Cuando se sentaron a cenar lo que María había preparado, Talia animó a su madre a comer algo más que los pocos bocados que había tomado. También tuvo que obligarse a comer ella misma, porque, por encima de todo, tenía que conservar las fuerzas.

«Debo mantener la calma. No puedo venirme abajo».

Tuvo que repetírselo cuando, después de cenar, sentó a su madre en el salón y le dijo que tenía que hablar con ella.

—LX Holdings ha reclamado con éxito la empresa del paraíso fiscal que... —respiró hondo—... posee esta villa, lo que significa...

Vaciló. Su madre estaba blanca como la cera.

—Tenemos que mudarnos. Nos van a quitar la villa también —la voz se le quebró—. Lo siento mucho, mamá.

Su madre soltó un grito. Y, como si fuera a cámara lenta, Talia vio que su expresión cambiaba y que se llevaba la mano al pecho mientras temblaba como una hoja.

—¡No! ¡No puedo perder también la villa! ¡La villa no! ¡No puede ser!

La voz de su madre era desesperada. Histérica, comenzó a sollozar aferrada a su hija. Pero a Maxine Grantham no había manera de consolarla.

Luke agarró la carpeta de la bandeja de asuntos pendientes, la abrió y observó las fotos que contenía. Frunció el ceño. ¿Debería embarcarse en aquel proyecto? Requeriría una gran inversión y mucho trabajo, sin tener la seguridad de que fuera a ser rentable.

Sin embargo, había algo en las fotos que lo atraía: el estado de ruina total infligido por la naturaleza. No eran los daños causados por un terremoto, sino por la terrible fuerza del viento que destruía lo que encontraba a su paso.

Aceptar ese proyecto, al otro lado del mundo, lo ayudaría a quitarse de la cabeza lo que intentaba ocuparla: esos recuerdos infernales que tenía que desterrar.

«Ella no quería estar conmigo, no quería lo que yo deseaba. No quería saber nada de mí».

Cortó el interminable bucle que no dejaba de girar en su cabeza y volvió a mirar las fotos y leyó las notas que su agente había reunido. Necesitaba algo para llenar el vacío de su interior, ahora que había destruido a su enemigo y había satisfecho la ambición que lo había movido en su vida adulta.

El sonido del teléfono de su escritorio interrumpió su concentración. Descolgó distraídamente. Era su secretaria.

—Señor Xenakis, hay una mujer que quiere verlo. No tiene cita y no quiere decirme su nombre, pero es muy insistente. Le he dicho que es imposible, pero…

Luke la interrumpió. No tenía ningún interés en verla.

—Échela. Ah, ¿me ha reservado ya el vuelo y la villa?

—Desde luego, ya está todo hecho.

—Muy bien, gracias.

Colgó. En ese momento se produjo un fuerte ruido al lado de la puerta, que se abrió de repente. Su secretaria protestaba en inglés, no en francés, la lengua que utilizaba con Luke.

Alzó la cabeza, furioso con la intrusa. Pero dejó de estarlo al ver quién entraba, seguida de la secretaria, que intentaba detenerla.

La mujer se detuvo en seco.

Durante unos segundos, ninguno dijo nada. Después, Luke habló.

—Márchese.

Pero se lo dijo a la secretaria, no a la mujer que había entrado a la fuerza en el despacho.

No a Talia.

Talia se quedó en blanco. Todas las turbias emociones que le rondaban por la mente desde que se había marchado dc Marbella esa mañana desaparecieron. Con la ayuda de María, había acostado a su madre y llamado al médico, que le había recetado un sedante y había dicho a Talia que trastornarse de aquella manera no era bueno para la paciente, que ya sufría ataques de nervios y tenía el corazón débil.

Talia se había horrorizado al enterarse de lo segundo. Su madre no se lo había dicho. El médico también le había dejado claro que la culpa era de las pastillas para adelgazar que tomaba constantemente, que le dañaban el corazón.

«Debe guardar reposo absoluto y evitar cualquier clase de disgusto», le había dicho el médico. «O puede haber consecuencias muy peligrosas. Su corazón es incapaz de resistir más estrés».

Ella también se había puesto algo histérica. Estaban a punto de ser expulsadas del último lugar que esperaba que se salvara de la debacle. ¿Cómo iba a evitar a su madre más disgustos?

Durante la noche en vela que había pasado dando vueltas en la cama, había llegado a la conclusión de que solo tenía una opción.

Antes de haberle contado a su madre que habían perdido la villa, su plan era utilizar el dinero que había ahorrado en secreto para alquilar un pisito en algún lugar barato de la costa y buscar trabajo para ganar un sueldo, por escaso que fuera. Su madre se horrorizaría, pero ¿qué otra cosa podía hacer?

Sin embargo, si ahora insistía en ese plan, después de las advertencias del médico, pondría en peligro la vida de su madre al obligarla a abandonar la villa y toda esperanza.

Por la mañana, llena de resignación y con el corazón dolorido, había llegado a una conclusión. Tras su reunión con los abogados de Londres, que le habían comunicado que se habían quedado sin un céntimo y sin hogar, había localizado, por fin, la sede de la misteriosa LX Holdings. Un vuelo matinal la había llevado hasta allí.

Y ahora, paralizada por la sorpresa y la incredulidad, se hallaba en el umbral de un enorme despacho hasta el que se había abierto paso a la fuerza, por pura desesperación.

No podía ser… No podía ser…

¿Luke? Pero ¿cómo…? ¿Por qué…?

–No entiendo…

La secretaria ser retiró y cerró la puerta al salir. Talia vio que él se le acercaba y lo oyó decir:

–Talia… –con voz ronca y el rostro tenso–. ¿A qué has venido?

A ella le resultaba casi imposible hablar. Se debatía entre dos realidades encontradas. Lentamente, mientras asimilaba la terrible verdad, estableció la relación.

–No puede ser que seas LX Holdings.

Observó que él enarcaba las cejas, como si no tuviera sentido lo que decía.

–¿Cómo has dado conmigo? ¿Cómo lo has sabido? –no le había dicho nada sobre su identidad aquella noche. Ella tampoco lo había hecho. Así que, ¿cómo…?

—Me lo dijeron tus abogados en Londres cuando hablaron conmigo —contestó ella con voz entrecortada.

Él la miraba como si lo que decía careciera de lógica.

—Soy Natasha Grantham.

Capítulo 3

A LUKE, todo comenzó a darle vueltas. Había oído sus palabras, pero se negaba a aceptarlas. ¡No iba a consentir que ella fuera esa persona! ¡Cualquier otra menos esa!

—Soy hija de Gerald Grantham. Le has arrebatado todo lo que poseía. Pero te pido que no te quedes también con la villa de Marbella. Por eso he venido.

La voz se le quebró y se calló.

Una fría emoción se apoderó de él.

—¿Eres hija de Gerald Grantham?

Tenía que estar seguro. Recordó que, muchos años antes, cuando había comenzado a investigar a su enemigo, Grantham tenía una hija, sí, y una esposa que aparecía siempre a su lado, de punta en blanco y enjoyada, en sitios caros, donde él se gastaba el dinero ganado de forma ilícita.

¿Cómo se llamaba la esposa? ¿Marcia?, ¿Marilyn? Algo así.

¿Y la hija?

Natasha había dicho ella. ¿No era el diminutivo de Natalia? ¿Talia...?

¡Talia!

La miró a los ojos, pero estos no expresaban nada. Vio que asentía y se humedecía los labios, aquellos labios carnosos y apasionados que, extasiados, habían acariciado su cuerpo.

Y era la hija del hombre al que llevaba toda su vida adulta intentando destruir.

La paradoja le resultaba insoportable. ¿Cómo la mujer que le había cambiado la vida podía ser hija de Gerald Grantham?

Trató de centrarse en el presente. Recuperó el control de sí mismo, negándose a dejar traslucir emoción alguna.

—¿Y has venido porque quieres conservar la villa de Marbella? —preguntó en un tono de voz tan impasible como la expresión de su rostro.

Ella volvió a asentir.

Durante unos segundos, él se limitó a mirarla. Estaba tensa, en el mismo estado de shock que él, pero disimulándolo mucho peor.

Llevaba un traje de chaqueta de color berenjena, el precioso cabello recogido en una trenza, escaso maquillaje, y le pareció que estaba más delgada que en la fiesta.

Pensó que se debería a la repentina pobreza, al cambio completo de sus circunstancias. ¡Qué golpe debía de haber sido para ella!

Talia Grantham.

Su nombre era como un peso muerto alrededor de su cuello.

«Era la hija de mi enemigo y no lo sabía».

Y ahora estaba allí, vestida con ropa de diseño que habría comprado con el dinero de Gerald Grantham. Y quería seguir viviendo en la villa palaciega de Marbella como si tuviera derecho a hacerlo, como si esperara que se diera por sentado que podía hacerlo.

La hija de Gerald Grantham, que creía que podía tener lo que quería, igual que su padre, y que utilizaba su dinero, un dinero que su padre había arrebatado a sus víctimas.

Sintió que lo invadía una nueva emoción, una que conocía bien, ya que lo había impulsado los diez años anteriores de su vida: una lenta e inexorable ira.

Pero no iba a manifestarla. Volvió al escritorio y se sentó en la silla. La miró de nuevo y, al hacerlo, se despertó en él otra emoción tan poderosa como la ira.

Era la que había experimentado al verla por primera vez en aquella fiesta. Y había sido instantánea, inmediata e imposible de negar. Lo había sido y lo seguía siendo.

«¡Qué hermosa es!».

Nada podía cambiar eso, ni siquiera el haberse enterado de quién era y el motivo de su visita.

«No ha venido a buscarme después de haberme abandonado esa mañana, tras una inolvidable noche juntos. No, no ha venido por eso».

La ira volvió a apoderarse de él, interponiéndose al deseo que sentía al verla tan hermosa. La mezcla de la ira y el deseo era peligrosa e imposible de contener. Hacía que giraran en su cerebro pensamientos que no debería tener.

«Tendría que echarla, decirle que saliera de este despacho y se fuera de la villa que quiere conservar. Debería cortar toda relación con ella. Es la hija de mi enemigo y me abandonó como si yo no significara nada para ella».

Era la única decisión razonable que podía tomar.

Sin embargo, no fueron esas las palabras que salieron de su boca.

—Muy bien. No veo por qué no.

Se arrepintió en el mismo momento de decirlas. Pero no podía ni quería desdecirse. Algo comenzaba a arder en su interior, un lento fuego que sabía que debería extinguir para que no se reavivara la pasión que sentía por ella.

—Estoy dispuesto a ofrecerte un alquiler corto, digamos de tres meses, mientras buscas otro sitio para vivir —dijo como si estuviera hablando de negocios y sin dejar de mirarla.

Vio que a ella se le iluminaban los ojos y que se relajaba al comprobar que iba a obtener lo que deseaba, a pesar de lo que le había hecho.

—Te haré un contrato. Creo que, dado el tamaño y la localización de la villa, treinta mil euros al mes es un precio justo.

Ella se puso pálida. Él sonrió, pero no con los ojos.

—En la vida no se puede tener lo que no se puede pagar.

Echó la silla hacia atrás con brusquedad. Se levantó y se encogió de hombros con deliberada indiferencia.

—Si no puedes pagar el alquiler, deberás marcharte de la villa.

Continuó mirándola sin que sus ojos revelaran emoción alguna. Observó que ella cambiaba de expresión, como si estuviera a punto de perder el control. Él pensó con amargura que debía de ser una sorpresa para ella, la niña de papá, darse cuenta de que su regalada forma de vivir se había acabado, de que el padre que la adoraba ya no estaba allí para satisfacer todos su caprichos y deseos.

—¡No! —protestó ella gritando ante sus brutales palabras—. Hemos perdido todo lo demás, pero también la villa… ¡no!

Durante unos segundos, pareció que había verdadero miedo en su voz, verdadera desesperación, verdadera desolación. Y él tuvo la impresión de que había algo vulnerable en ella, como si la vida le hubiera puesto un peso encima con el que no podía cargar.

Y, de repente, quiso decirle que naturalmente que podía quedarse en la maldita villa y deseó acercarse a ella, abrazarla estrechamente y asegurarle que todo iría bien y que no quería volver a perderla.

Pero esa impresión desapareció. Ella únicamente repetía lo que había le dicho antes, pero con más insistencia.

Claro que era hija de Gerald Grantham. Nunca había tenido que pagar nada. Era la princesa de un hombre rico que le concedía todo lo que le pedía.

—¡No puedo perder la villa!

Él apretó los dientes ante sus palabras, que deberían haber aumentado su ira, pero que le produjeron una emoción distinta que no debía permitirse experimentar.

Lo invadieron los recuerdos. La última vez que la había visto estaba desnuda en sus brazos, con el cabello extendido sobre los hombros de él, la boca en su pecho y los cansados miembros entrelazados con los suyos.

Sin embargo, al despertarse, había desaparecido.

Y había reaparecido ahora, de repente.

«No voy a consentir que me vuelva a abandonar».

Debía echarla de allí. Sabía exactamente lo que debía decir a la hija de Gerald Grantham, pero no podía decírselo.

En lugar de ello, como si estuviera poseído por una fuerza irresistible, comenzó a notar que se le relajaban los músculos y se oyó diciendo palabras que la parte racional de su cerebro le indicaba que no pronunciara, pero que procedían de una parte de su interior donde no dominaba la razón, sino un instinto tan viejo como el tiempo e igual de poderoso.

No dejar que volviera a abandonarlo.

—Entonces, puede que lleguemos a otra clase de acuerdo.

Talia lo miró. Estaba mareada, desbordada, en estado de shock, pasmada…

Había entrado a la fuerza en aquel despacho, ante la oposición de la secretaria, que había intentado impedírselo. Después había visto a un hombre que se había levantado de un salto, y se había percatado de quién era. Era imposible recuperarse de aquella circunstancia verdaderamente inesperada.

No podía aceptar la exigencia de que pagara un alquiler por quedarse en su propia casa, aunque entendía que la villa formaba parte de los despojos que quedaban de lo que había sido el poderoso imperio económico de su padre, y que aquel hombre había adquirido.

Intentó no prestar atención al traje hecho a medida que envolvía su cuerpo delgado, el discreto alfiler de oro de la corbata y los gemelos, también de oro, así como la correa del carísimo reloj que ya había visto la noche en que se habían conocido. Su presencia irradiaba poder, ese poder que procede del dinero, el mismo que había tenido su padre.

Sin embargo, Luke Xenakis, de XL Holdings, había perseguido la empresa de su padre con un poder que nada tenía que ver con su fortuna; un poder que podía ejercer sobre ella, simplemente con un parpadeo de sus negros ojos o una mueca de su sensual boca.

La asaltaron los recuerdos: sus brazos estrechándola, su boca abriendo la de ella para besarla, sus manos deslizándose por su cuerpo, tembloroso por su contacto...

Gimió en silencio para desterrarlos de su cerebro. ¿De que le servían allí, en aquel austero despacho, con vistas a un lago alpino y unas montañas cubiertas de nieve tan helada como la frialdad de los ojos que, en otro momento, habían ardido de deseo por ella?

Debía erradicar de la memoria la noche que había pasado con él, a quien se había entregado tan maravillosa y libremente y con quien había alcanzado a vislumbrar la libertad y la felicidad que podían ser suyas.

Su primera responsabilidad era su madre, protegerla de la catástrofe ocasionada por la ruina de su padre, del golpe de perder su último refugio.

Sabía que no debía huir de Luke para que acabara la tortura de volver a verlo y sentir su frialdad hacia ella, ni tampoco rogarle que dejara que le explicara por qué había huido de él, aunque deseaba desesperadamente hacer ambas cosas. Tenía que aceptar lo que le ofreciera, si eso servía para proteger a su madre durante un tiempo.

Se obligó a concentrarse en lo que decía.

—¿A qué te refieres?

Él estaba muy cerca de ella y, a la vez, muy lejos. A ella le dolía la distancia que había ahora entre ambos. Sabía que no la había perdonado por marcharse como lo había hecho, abandonándolo después de la noche pasada juntos.

Durante unos segundos tuvo ganas de gritar, de contarle por qué se había ido, de hacerle entender que no podía vivir como deseaba.

Que continuaba sin poder hacerlo.

Fuese cual fuese el acuerdo que Luke tuviera en mente, tendría que aceptarlo, si era la única manera de que su madre siguiera viviendo en la villa. Necesitaba tiempo para que ella se enfrentara a la brutal verdad de cómo tendrían que vivir, tiempo para buscar una vivienda más barata a la que mudarse, para conseguir un empleo y ganar un sueldo.

—Tal vez pueda darte trabajo —dijo él.

Ella frunció el ceño.

—Me dijiste que eras interiorista —prosiguió él—. ¿Solo de lugares de residencia o tienes experiencia comercial?

Ella recordó la breve conversación que habían mantenido al conocerse. Asintió y tragó saliva.

—En ese caso, voy a embarcarme en una nueva empresa, un proyecto de reforma en el que podrías serme útil. Si así fuera, aceptaría que trabajaras en lugar de pagarme un alquiler, si te parece bien.

Talia lo miró fijamente. La esperanza que había sentido brevemente, cuando él el había dicho que no había problema para que se quedara en la villa, renació.

—Sí, desde luego.

Las palabras se le escaparon de los labios antes de que pudiera detenerlas. El hecho de que tuviera que trabajar para quien había causado la ruina de su padre, y que ahora poseía todo lo que había sido suyo, era irrelevante.

Él se recostó en la silla, cruzó las piernas y unió las puntas de los dedos. Ella ahogó la vocecita interior que le decía que era una locura pensar siquiera en trabajar para el hombre con el que había pasado aquella noche maravillosa y que ahora la miraba como a una simple empleada.

«Pero no me queda más remedio. Si me ofrece trabajo, debo aceptarlo. Si deja que mamá siga en la villa… Si me permite tener más tiempo…».

Volvió a tragar saliva.

—¿Cuándo… cuándo empiezo?

Él se pasó la mano por el muslo sin dejar de mirarla, aunque sus ojos no revelaban nada.

—Me marcho al extranjero al final de la semana. Quedaremos en el aeropuerto de Heathrow.

Ella se quedó consternada.

—¿Al extranjero? ¿Dónde?

—Al Caribe. Pasaré allí dos semanas. Y tú también.

Ella negó vehemente con la cabeza.

—No puedo. Es imposible.

Era imposible pasar dos semanas con Luke, además en el mismo lugar con el que habían fantaseado aquella noche: huir a una soleada isla tropical, con una playa bordeada de palmeras, sin preocupaciones ni responsabilidades ni puertas de prisiones que la detuvieran.

Se percató de la crueldad de la situación, de la tortura de tener que estar de nuevo con él, con aquella nueva actitud fría y distante.

Vio que él volvía a encogerse de hombros con indiferencia, lo único que sentía ahora por ella, pensó.

—En ese caso, la semana que viene deberás marcharte de la villa.

Talia cerró los ojos. ¿Cómo iba a rechazar la oferta? No podía.

—Tienes veinticuatro horas para tomar una decisión. Llama a mi secretaria cuando lo hayas hecho.

Descruzó las piernas y las extendió bajo el escritorio de caoba, antes de agarrar una calculadora. Talia tragó saliva. Era la señal de que debía marcharse.

Atontada, salió del despacho.

Luke alzó la vista mientras ella salía. No podía haberle dejado más claro lo repulsiva que le parecía la idea de estar con él.

Volvió a recordar de lo que habían hablado en aquella noche inolvidable, saciados y uno en brazos del otro: de irse al Caribe juntos.

Pero ella no tenía ninguna intención de irse con él a ningún sitio, de pasar una noche más con él.

«Me utilizó y me abandonó. Consiguió lo que quería de mí y se largó».

Cuando la puerta se cerró tras ella, su expresión se oscureció. ¿Cómo se le había ocurrido ofrecerle un empleo?, ¿invitarla a acompañarlo al lugar que se burlaba de él en sus recuerdos? ¿Por qué demonios lo había hecho?

La respuesta se hallaba en los recovecos más profundos de su mente, pero era demasiado peligrosa de reconocer.

Capítulo 4

TALIA se sentó en la ancha butaca de cuero, de primera clase, del avión. Estaba tensa. Luke se había acomodado en el asiento al lado de la ventanilla y había abierto inmediatamente el ordenador portátil. Prestaba a Talia tan poca atención como cuando se habían reunido en la sala de espera de primera clase, donde se había limitado a mirarla y a asentir con la cabeza.

Para ella, volver a verlo, incluso sabiendo quién era y lo que había hecho, seguía siendo una dura prueba.

«Pero es una prueba que tendré que soportar, al igual que todo lo demás. No tengo más remedio».

Sabía que era así. Durante las penosas veinticuatro horas que Luke le había concedido para tomar una decisión, supo que solo podía darle una respuesta: aceptar su oferta de trabajo.

Después de haberle dado la noticia a su madre, se reafirmó en su decisión.

Mientras se abrochaba el cinturón de seguridad recordó la expresión del rostro de su madre cuando, al volver de Suiza, se había sentado en su cama y le había contado que, de momento, podían seguir en la villa. El rostro demacrado de su madre se había iluminado, y ella le había dicho que le habían ofrecido trabajo de interiorista. El único inconveniente era que se tendría que marchar al Caribe quince días. La expresión de su madre se había ensombrecido durante unos segundos, pero enseguida se había recuperado.

«No te preocupes por mí. María me cuidará mientras estés fuera. Es lo que necesitas: la ocasión de demostrar tu talento. Seguro que te lo pasarás muy bien. Seguro que no estarás trabajando todo el tiempo. ¡Cómo te envidio! ¡El Caribe es tan romántico…! Claro que a tu padre no le gustó».

Le había temblado la voz durante unos segundos, pero luego se había puesto a recordar.

«De adolescente, tuve un novio, que quería recorrer todas las islas navegando…». Se había interrumpido, para luego añadir en tono esperanzado: «¡Cariño, puede que allí conozcas a alguien especial! ¡Que tengas un idilio bajo la luna tropical!».

Talia había cambiado de tema, pero no había conseguido olvidar las palabras de su madre.

«¡Que tengas un idilio bajo la luna tropical!».

Si aceptaba el empleo y se iba al Caribe con Luke… La esperanza se había apoderado de ella. ¿Sería posible?

«¿Tendría una segunda oportunidad con él? ¿Sería la escapada romántica que hubiéramos debido hacer?».

La esperanza había alzado el vuelo.

Pero, ahora, sentada a su lado en el avión, lo único que sentía era angustia. Su esperanza y sus deseos se burlaban de ella.

Luke, concentrado en el portátil, no le prestaba atención. Talia sabía que debía reprimir aquellos pensamientos prohibidos y peligrosos, sobre todo uno que se negaba a desaparecer.

¿Y si estar en el Caribe con Luke volvía a unirlos? ¿Y si lo que había sucedido en la fiesta volvía a ocurrir? ¿Y si, en ese preciso momento, él se volvía hacia ella y, en vez de fría indiferencia, ella veía en sus ojos la calidez que anhelaba?

—¿Champán, señora?

Una azafata había llegado con bebidas previas al despegue. Talia, sobresaltada, negó con la cabeza y agarró un zumo de naranja. Luke ni siquiera alzó la vista y despidió a la azafata con un gesto de la mano. La angustia volvió a apoderarse de Talia y acalló sus estúpidas esperanzas de unos segundos antes.

Suspiró y agarró una novela con el deseo de encontrar alguna distracción, la que fuera, que la ayudara a soportar lo que la esperaba.

«Desaproveché la oportunidad de alcanzar la felicidad que él me había prometido. Y me fui para volver a mi celda».

Sin embargo, ¿qué sentido tenía lamentarse de lo que había hecho? Se había visto obligada a ello.

Comenzó a leer. El vuelo fue largo, pero Luke apenas le dirigió la palabra. Su silencio le demostró la enorme distancia que había entre ellos.

Ni rastro de intimidad. Ni rastro de nada.

La misma indiferencia continuó cuando aterrizaron. Talia se pasó el viaje desde el aeropuerto mirando por la ventanilla del coche con chófer en el que iban.

Se quedó extasiada ante el exuberante verdor de la isla y la puesta de sol. Cuando, al cabo de unos cuarenta minutos, el coche se detuvo ante un gran edificio, se bajó y miró a su alrededor, sintiendo que la envolvía la cálida humedad como un chal de cachemir, después del frío del aire acondicionado del vehículo.

—¡Qué bonito! —exclamó sin poder evitarlo al mirar los exuberantes jardines, con vívidos colores procedentes de flores tropicales.

Luke, que se dirigía a la puerta, no se dio por enterado. Ella lo siguió. Aquello no era un hotel, sino una villa privada. Un gran vestíbulo, con el techo de vigas de madera, daba paso a una estancia de la que salían unas escaleras de caoba. Los empleados aparecieron de repente, murmuraron una bienvenida y llevaron las maletas al piso superior.

Ella vaciló, sin saber qué hacer. Luke, que se dirigía a una puerta en uno de los lados del vestíbulo, volvió la cabeza.

—Cenaremos dentro de una hora. No me hagas esperar.

Fue lo único que le dijo, antes de desaparecer por la puerta, que cerró tras él.

La invadió la tristeza y un cansancio que no se debía únicamente al largo vuelo, sino que era más profundo.

«Lo he perdido para siempre. Y debo abandonar toda esperanza de recuperarlo».

Debía aceptar lo que Luke le había dado a entender con toda claridad: ya no le interesaba, al menos no como lo había interesado en la fiesta. No habría una segunda oportunidad.

Se duchó y comenzó a prepararse para la cena. Una doncella le había deshecho el equipaje.

Talia eligió a propósito un vestido al que su padre habría dado su aprobación. Siempre había querido que llevara ropa muy recargada, y aquel vestido azul claro que le llegaba por la rodilla no le sentaba bien, pero indicaría a Luke que se daba cuenta de que ella ya no lo interesaba en absoluto. Desde ese momento debía recordar que estaba allí solo para trabajar.

«Ya no me desea».

Era la verdad, desnuda y sin adornos, y debía hacerle frente.

Luke estaba sentado a la cabecera de la larga mesa del comedor y miraba a Talia, sentada al otro extremo, inmóvil e inexpresiva. Los rasgos de él se endurecieron. Volvía a sentir emociones que ya le resultaban familiares. ¿Cómo podía seguirle pareciendo tan hermosa?

Al igual que el día que había estado en el despacho de Lucerna, su aspecto era totalmente distinto del de la fiesta. No llevaba un vestido ajustado ni los hombros y los brazos al aire ni altos tacones.

Llevaba un vestido que le llegaba por la rodilla, de cuello alto y mangas largas, como si le estuviera ocultando su cuerpo a propósito. El cabello se lo había recogido en una cola de caballo, igual que en el avión, y no se había maquillado ni lucía joyas.

Pensó que tal vez ya no le quedaran joyas que ponerse.

Al fin y al cabo, ni siquiera podía permitirse pagar el alquiler de una de las numerosas propiedades de Gerald Grantham. No le debían de quedar muchas joyas.

Y las echaría en falta.

Volvió a examinarla, cambiando inconscientemente su vestido por otro mucho más de su gusto, que mostrara su voluptuoso escote, adornado con una joya cara y brillante.

Apartó de sí ese pensamiento. Ella no estaba allí para resultarle seductora. Era lo único que le faltaba. Bastante había tenido con estar sentado a su lado durante el largo vuelo e intentar hacer caso omiso de su presencia. Casi le había resultado imposible no volver la cabeza para deleitarse en esa belleza que lo había dejado sin aliento y que continuaba haciéndolo, a pesar del vestido tan poco favorecedor que llevaba. Pero no debía ceder a esa peligrosa tentación.

«Está aquí para trabajar, para ganarse el derecho a seguir viviendo en una villa que ya no puede permitirse».

Era hora de recordárselo a ella, y a sí mismo.

Los empleados estaban poniendo los platos y sirviendo el vino cuando Luke dijo:

—Voy a ir a ver la obra mañana por la mañana —levantó el tenedor y comenzó a comer. Tenía hambre a causa del cambio horario. Para su cuerpo era medianoche—. Debido al calor, saldremos temprano.

Vio que ella tomaba un sorbo de su copa.

—¿Dónde está la obra? ¿Qué clase de propiedad es?

Parecía que le costaba esfuerzo hablar, lo cual lo molestó. No entendía por qué estaba tan tensa. Era ella la que lo había rechazado, la que había decidido marcharse, no él.

Era inútil que volviera a preguntarse si había perdido el juicio al habérsela llevado con él. Durante las veinticuatro horas que le había concedido para que tomara una decisión, se había debatido entre retirar su impulsiva oferta o aumentarla.

Cuando ella se le había cercado en la sala de espera del aeropuerto, había vuelto a sentir emociones encontradas y a sumirse en la confusión.

Seguía confuso, pero se negaba a enfrentarse a ello. Había sido una locura llevarla allí, someterse a su presencia, pero ya era tarde para cambiar de opinión. Ella estaba allí y tendría que hacerle frente y centrarse en que aquel proyecto en el Caribe funcionara para, después, seguir con su vida.

«Puedo conseguir que me resulte indiferente; exponerme a su presencia y quitármela de la cabeza».

Apretó los dientes. Era eso en lo que debía concentrarse. Esa vez sería él quien fijaría la fecha final: ella se quedaría quince días, trabajaría para pagarse el alquiler y se marcharía cuando él lo decidiera. Esa vez sería él quien tendría la última palabra.

Y cuando ella se marchara, cuando la despidiera, se la habría quitado de la cabeza. No significaría nada para él y la observaría alejarse de su vida, en las condiciones impuesta por él, con toda la indiferencia que intentaba mostrarle en aquel momento. Pero entonces sería verdadera indiferencia, no la fingida y deliberada imperturbabilidad con la que ahora la trataba.

Contestó a sus preguntas con el mismo tono cortante que había empleado las pocas veces que se había dirigido a ella.

—Es un hotel al sur de la isla, donde el Caribe se une al Atlántico y donde soplan los huracanes, si llegan hasta allí. Como el año pasado.

Ella había empezado a comer, pero alzó la vista ante sus palabras.

Él prosiguió en tono seco.

—No te preocupes, no estamos en temporada de huracanes. Pero, el año pasado, uno especialmente intenso devastó el sur de la isla. Supongo que el cambio climático, como sabrás, es la causa de que sean más fuertes y frecuentes. La zona que vamos a visitar quedó destrozada.

—¿Merece la pena restaurar el hotel? –preguntó ella con el ceño fruncido.

—Es lo que voy a comprobar –respondió él de forma escueta.

Ella volvió a hablar. El tono de su voz era desconfiado, como si no estuviera segura de que debiera hacerlo, lo cual lo irritó aún más.

—¿Está muy dañado?

—La estructura ha aguantado bien, ya que se construyó para soportar el fuerte viento, pero el interior está destrozado. Hay que reformarlo por completo.

Por primera vez, el rostro de ella se animó.

—¿Qué es lo que has pensado?

Luke apretó los labios.

—Sorpréndeme.

Se dio cuenta de que estaba reprimiendo una punzada de emoción que se negaba a reconocer. Que el rostro de ella se hubiera animado y que sus ojos brillaran por primera vez desde que habían iniciado el viaje, le removía algo en su interior. Durante unos segundos, su aspecto había sido el mismo que el de la fiesta, con los ojos brillantes, reaccionando ante él, deseándolo…

Rechazó el recuerdo. No tenía sentido recordar aquella noche. Había acabado, había pasado y no iba a volver.

—Tengo que trabajar siguiendo las instrucciones del cliente –respondió ella, tensa.

Su padre, el único cliente que le habían permitido tener, le daba rigurosas instrucciones, y ella había aprendido a no contrariar sus deseos ni a sugerir modificaciones. A su padre no le interesaba la creatividad, sino la dócil conformidad. Ella había hecho lo que él quería, con independencia de su propia opinión.

–Pues mis instrucciones son que me des a conocer tus ideas –dijo él con indiferencia.

Talia volvió a centrarse en la comida. Desde el otro extremo de la mesa, Luke observó que volvía a encerrarse en sí misma mientras seguía comiendo, y no le dijo nada más. Parecía cansada. Él también lo estaba. Ambos sufrían el desfase horario.

Cuando les sirvieron el café, Luke volvió a dirigirse a ella.

–Mañana saldremos temprano para ir a ver el hotel, antes de que comience a apretar el calor. Ponte ropa adecuada y calzado para andar –hizo una pausa para que le quedara claro–. Talia, recuerda que estás aquí para trabajar, si quieres seguir viviendo en la villa de Marbella.

Observó que se ponía tensa ante la brusquedad del recordatorio. Y observó algo más. ¿Era de miedo el destello que había visto en sus ojos? Pero ¿por qué? Estuvo a punto de preguntárselo, pero ella volvió a mirarlo con el rostro inexpresivo, que solo denotaba cansancio.

–Acábate el café y ve a acostarte.

No tuvo que repetírselo. Ella apuró la taza y se marchó haciendo resonar los tacones en las baldosas. Luke observó la prisa que se daba y la ira volvió a apoderarse de él.

Era evidente que se moría de ganas de alejarse de él.

Y no era la primera vez.

El recuerdo reforzó su decisión de utilizar su presencia para volverse indiferente hacia ella.

«Pero ¿y si hace que la desees más?».

Talia contempló la devastación que la rodeaba: palmeras caídas que vientos huracanados habían arrancado como si fueran fósforos y el suelo cubierto de ramas y vegetación, además de algas y arena de la playa.

El hotel daba la impresión de que lo habían bombardeado. Había tejas rotas en el suelo, los marcos colgaban de las ventanas y las mosquiteras se habían caído. Se alegró de llevar zapatos de suela de goma y pantalones largos. En algunos lugares había trozos de vidrio y hojas de palmera de duras puntas.

Luke, sin decir nada, le entregó un casco y él se puso otro.

—Ten cuidado —fueron sus únicas palabras, antes de dirigirse al interior del edificio.

Al igual que el día anterior, no le había prestado atención en el trayecto hasta allí en un todoterreno. Era como si se hubiera vuelto invisible para él, lo cual no tenía más remedio que aceptar y actuar en consecuencia. Estaba contenta de poder pagarle con la misma indiferencia. Él la trataba como a alguien contratado para trabajar para él. Nada personal ni íntimo.

Sentía un cansancio interior que no tenía que ver con el desfase horario. Había sido una estúpida al albergar la esperanza de que Luke estuviera dispuesto a comenzar de nuevo con ella.

No, lo que hubiera habido entre ellos había terminado. Lo único importante era ganar dinero para pagar el alquiler y que su madre pudiera seguir en la villa. El aviso del doctor implicaba que no podía poner en peligro la salud de su madre y su debilitado corazón.

Apartó de sí esos angustiosos pensamientos.

Había perdido la oportunidad de tener una relación con Luke. Eso se había acabado, a pesar de su brevedad. Ella lo había abandonado. Y ahora solo era una empleada temporal. Y era eso lo que debía recordar. Estaba allí para vender su talento de interiorista a cambio del alquiler, eso era todo.

«Compórtate como una profesional. Eso es lo único que él quiere. Lo ha dejado muy claro».

Mientras lo seguía entre los escombros y entraba en el edificio, ahogó un grito al contemplar los estragos del interior. Los muebles estaban volcados, las cortinas se habían salido de los rieles, la loza estaba hecha añicos y había un fétido olor a humedad. Era evidente que la lluvia y el mar agitado por la tormenta habían inundado el edificio, y el agua no se había secado, a pesar de los meses transcurridos desde el huracán.

Siguió a Luke por el vestíbulo. Se le caía el alma a los pies ante la destrucción que la rodeaba. Iba pisando con cuidado los escombros. ¿Cómo podía pensarse en reparar todo aquello? La devastación era tal que le parecía imposible restaurar el edifico.

Lo único que quería era salir de allí lo antes posible. No había nada que mereciera la pena conservar. El sitio se caía a pedazos.

Con cautela, observando dónde ponía el pie e intentando no inhalar el nauseabundo olor a humedad y podredumbre, llegó hasta el otro extremo del vestíbulo, que daba a los jardines o, mejor dicho, a los que habían sido los jardines.

Salió a la terraza y la luz la deslumbró tras la penumbra del interior.

Y comenzó a respirar regularmente mientras miraba asombrada lo que tenía delante.

Aunque en el jardín hubiera palmeras caídas y la vegetación hubiera invadido los senderos y el césped, en aquel clima tropical la naturaleza había reclamado sus dominios, y viñas y follaje suavizaban los troncos caídos, en tanto que flores de vivos colores festoneaban el verdor. Y más allá, brillaba el mar azul, deslumbrante a la luz del sol. Era una escena radiante de luz y color.

—¡Es fantástico! —musitó, asombrada.

Se percató inmediatamente de por qué se había construido el hotel allí, justo al borde de una playa de arena blanquísima. El contraste con la ruina del interior no podía ser mayor. Notó que se le elevaba el ánimo, y su rostro se iluminó de placer ante la vista.

—No está mal, ¿verdad? —Luke se puso a su lado y miró a su alrededor.

Ella se volvió a mirarlo.

—Ya veo por qué querías este sitio. Vale todo lo que se pida por él.

Él la miró a los ojos y ella se dio cuenta de que los de él brillaban, pero inmediatamente volvieron a mirarla sin expresión.

—Un proyecto no me pone sentimental —dijo él en tono seco—. Eso no me da dinero. Lo que me da dinero es comprar algo a buen precio e incrementar su valor. Esa oportunidad la tengo aquí. La empresa que es dueña del hotel quiere deshacerse de él y, si lo puedo conseguir a buen precio y reformarlo sin un gasto excesivo, me dará dinero. Es lo único que me interesa.

Talia pensó que era una pena que ese lugar solo le importara por el dinero. ¿No tenía corazón? ¿Dónde estaba el hombre con el que había pasado aquella noche increíble?, ¿el que la había iluminado con sus ideas, su pasión y su determinación?

—Incluso a un precio muy barato, la reforma será cara, no solo por el nuevo edificio, sino por el coste de retirar los escombros.

Él volvió a mirarla.

—Date una vuelta por el lugar. Mira dónde pisas. Nos vemos aquí dentro de tres cuartos de hora. No me hagas esperar.

Se encaminó a la playa hablando por teléfono.

Talia lo observó alejarse con paso poderoso y seguro por los escombros de los jardines. Sus rotundas palabras le parecían familiares. Conocía bien esa actitud. Era la de su padre: mínimo coste y máximos beneficios. Era lo único que también a él le importaba.

Y era escalofriante verlo reflejado en Luke.

Negó con la cabeza como si quisiera desprenderse de tales pensamientos, regresó dentro y comenzó la visita.

Sacó un cuaderno de la mochila y comenzó a tomar apuntes de medidas aproximadas y dibujó un plano de las zonas comunes de la planta baja, mientras caminaba con cuidado por las desoladas habitaciones.

Al hacerlo, su estado de ánimo cambió. A pesar de la ruina y la destrucción, su ánimo se elevó como lo había hecho ante la vista de los jardines y el mar.

Si veía más allá de la devastación, era evidente que el espacio era hermoso. Con imaginación y entusiasmo podía volver a ser impresionante.

Comenzaron a ocurrírsele ideas y el bolígrafo empezó a moverse más deprisa sobre el papel. Sacó numerosas fotos con el móvil de las habitaciones y las vistas.

Subió al primer piso, llena de ideas y excitada. Por primera vez tenía la oportunidad de poner en práctica su creatividad, su forma de ver las cosas. Era una liberación que se le permitiera dar rienda suelta a sus ideas, sin que su padre las pasara por alto o las desechara.

El tiempo se le pasó volando y solo al ver a Luke esperando en el vestíbulo con cara de enfado volvió a decaer su estado de ánimo.

—Cuando digo tres cuartos de hora son tres cuartos de hora —dijo él en tono seco.

La disculpa de Talia murió en sus labios.

—Tengo que dictarte unas cartas. Mientras estés aquí puedes hacerme de secretaria. Lo haremos en el coche.

—Esto… No escribo al dictado —no era una negativa, sino una descripción de sus límites como secretaria.

—Pues muy mal.

Ella lo miró. Era evidente que estaba de pésimo humor, y supuso que sería porque el hotel se hallaba en un estado peor del que había supuesto.

En cuanto a hacer de secretaria… Suspiró. Si era lo que él quería, lo haría lo mejor posible. Al fin y al cabo, haber seguido viviendo en la villa pagando un alquiler le habría costado una fortuna, así que él tenía derecho a pedirle que hiciera cualquier trabajo, aunque careciera de la formación necesaria.

Así que se esforzó en tomar al dictado las cartas mientras él conducía. Pero no solo el todoterreno, saltando por las carreteras llenas de baches, hacía difícil la escritura, sino que los complejos términos legales y las cifras económicas que le dictaba a toda velocidad llevaron su escasa capacidad al límite. Era evidente que su malhumor aumentaba al pedirle que fuera más despacio o que repitiera.

Cuando por fin llegaron a la villa, Talia tenía dolor de cabeza.

Él se volvió hacia ella.

—Tengo que ver a un ministro. Esas cartas deben estar mecanografiadas esta tarde. Hay un despacho en la villa. Los empleados te dirán dónde.

Ella asintió y fue a su habitación a ducharse y cambiarse. Bajo el agua de la ducha fue consciente de su desnudez, en la que se había regodeado con el hombre que ahora parecía no verla.

Recordó cuando no la miraba con esa frialdad e indiferencia. Pero eran recuerdos que no deseaba ni se podía permitir. Suspiró con pesar.

Se envolvió en una toalla y se armó de valor. ¿Qué importaba que ahora Luke no hiciera caso de su presencia y le diera órdenes e instrucciones como si nada hubiera pasado entre ellos? Eso le serviría para recordar lo que no debía olvidar: que su único propósito allí era el de trabajar para que su madre no perdiera la última parte de su vida a la que se aferraba con desesperación.

Llamaron a la puerta y abrió. Entró una de las doncellas con la comida en una bandeja que dejó en la terraza, en la que había una mesa y una silla bajo el toldo. Talia se puso un vestido de verano y la siguió.

Dio las gracias a la doncella y notó que tenía ganas de comer. Apenas había tenido tiempo de tomarse el desayuno, que le habían servido en la habitación, porque le habían dicho que el señor Xenakis la esperaba. Comió con placer la ensalada de pollo y la fruta que le habían llevado.

Mientras lo hacía observó la maravillosa vista. Ahora, por primera vez, se daba cuenta de verdad de dónde estaba.

La villa se hallaba situada al final de una cuesta, muy por encima del mar, del que la separaban varios kilómetros de exuberante vegetación. Asimismo, comprobó que los jardines que había visto rodeaban toda la villa.

Y había una piscina en la parte trasera. Se le iluminaron los ojos.

Y mientras observaba todo aquello, extasiada, supo instintivamente que la paleta de colores para sus ideas de diseño estaba frente a ella: el azul cobalto del mar, el azul turquesa de la piscina, el verde esmeralda de la vegetación y el carmesí de la buganvilla.

Estaba entusiasmada, deseando comenzar a hacer bocetos de lo que le bullía en la cabeza.

Pero no era eso lo que debía hacer esa tarde, sino escribir las cartas de Luke. El despacho al que la condujo el mayordomo, de majestuoso aspecto, que dijo llamarse Fernando, cuando ella se lo preguntó, estaba frío, a causa del aire acondicionado, y carecía de luz natural. Había un enorme ordenador en el escritorio.

Se sentó frente a él y sacó el cuaderno. Esperaba poder descifrar lo que había garabateado a toda prisa.

La tarea de escribir en el ordenador fue lenta y difícil. Por fin, acabó, a pesar de que tenía dudas en cada carta. Esperaba que Luke fuera indulgente, ya que ella no era secretaria y había tomado notas en una carretera llena de baches.

El dolor de cabeza, que le había remitido durante la comida, le había vuelto con ganas. Con un suspiro final, cerró el programa y se levantó. Le dolía la espalda de las horas pasadas inclinada sobre el teclado.

Se le iluminó el rostro.

¡La piscina! Se daría un baño, lo cual sin duda le despejaría la cabeza y le aliviaría los doloridos músculos. Y pediría a Fernando un café y un zumo.

Unos minutos después se zambulló en la piscina. El agua estaba templada. Notó que recuperaba el buen humor. ¡Qué delicia! Retozó y salpicó como una niña. Después se tiró de cabeza y nadó por el fondo de la piscina, en cuyas baldosas se reflejaba el sol.

–¿Qué demonios haces?

Capítulo 5

LA VOZ estentórea la hizo salir a la superficie. Miró hacia el borde de la piscina al tiempo que se apartaba el cabello mojado del rostro.

Luke estaba allí fulminándola con la mirada. Talia se agarró al borde.

—Quería… quería bañarme.

—Permíteme que te recuerde —le espetó él en tono sarcástico— que estás aquí para trabajar. ¡No se trata de unas vacaciones!

Ella observó que respiraba hondo y apretaba los labios hasta formar una fina línea.

Fue a responderle que ya lo sabía, pero él le impidió el intento de defenderse.

—¿Y las cartas que te pedí que escribieras?

—Ya están hechas. Por eso creí que no pasaría nada si me bañaba —balbuceó ella.

Se apresuró a salir de la piscina por la escalerilla, consciente de que, a pesar de que llevaba un bañador, se le ajustaba al cuerpo y exponía todas sus curvas y sus piernas. Agarró la toalla y se envolvió en ella mientras el cabello le chorreaba por la espalda.

Notó que él la miraba y sintió calor en las mejillas al tiempo que se escurría el cabello. Esperaba que él se fuera para poder subir a su habitación, pero él aún no había acabado.

–Mi secretaria me ha dicho que no ha recibido nada.

Ella lo miró sin comprender.

–No me has dicho tenía que mandarlas, aparte de que no sé a quién.

–Hay que hacerlo ahora mismo. Cámbiate y ven al despacho.

Se alejó a grandes zancadas, antes de que ella pudiera responderle, y entró en la casa. Talia corrió a su habitación. Era evidente que persistía en él el mal humor que le había producido la visita al hotel. Cuando llegó al despacho, se le cayó el alma a los pies al darse cuenta de que había empeorado.

Estaba sentado frente al ordenador y en la pantalla aparecía el trabajo de ella.

–Esto es una porquería –afirmó al verla.

Señaló la pantalla, que mostraba una de las cartas. Había frases en rojo, aquellas que no estaba segura de haber anotado bien, y preguntas e interrogaciones por todas partes.

Talia se apretó las manos.

–Ya te he dicho que no sé escribir al dictado. Y ha sido difícil hacerlo en el coche, a causa del estado de la carretera. Me has dado muy poco tiempo y, además, las cartas tratan de asuntos que no conozco –tragó saliva–. Lo he hecho lo mejor que he podido.

Notó que se le llenaban los ojos de lágrimas. Recordó que, una vez, cuando era una interiorista novata, su padre le dio unas instrucciones que no fue capaz de seguir, lo que lo puso furioso. Ella rompió a llorar, y eso aumentó su furia. Pero no iba a llorar delante de Luke. ¡De ningún modo!

Apretó los dientes y parpadeó a toda velocidad

mientras, con la cabeza gacha, se sentaba en la silla de la que él se había levantado. Él se situó detrás para poder ver la pantalla. Su proximidad la abrumó.

–Muy bien –dijo Luke–. Vamos a corregirlas.

Él le fue diciendo lo que debía escribir y ella no dejó de teclear con dedos torpes intrincadas cifras y las complicadas tabulaciones que requerían. Le pareció una labor eterna. Le volvió a doler la cabeza a causa de la concentración. Pero, por fin, terminaron. Ella envió los documentos a la dirección electrónica que él le dictó y se recostó en la silla llevándose las manos al regazo.

Detrás de ella, Luke le dijo en aquel tono distante e impersonal al que ya se estaba acostumbrando:

–Hemos acabado por hoy. Puedes tomarte libre el resto de la tarde y la noche. Voy a cenar fuera. Mañana, comienza a bosquejar las ideas de diseño que tengas. En cuanto al trabajo de secretaria, recurriré a una agencia.

Talia subió a su habitación, se tumbó en la cama y se puso a mirar el techo.

El hombre al que había conocido tan brevemente, que había transformado su mundo durante unas horas, que la había mirado con deseo y pasión, había desaparecido para siempre.

Se sentía desolada. Los ojos se le volvieron a llenar de lágrimas y, esa vez, no trató de contenerlas.

Luke estaba cenando con un funcionario del Departamento de Desarrollo Industrial, pero apenas oía lo que el hombre le decía. Sus pensamientos estaban en otro sitio, daban vueltas y más vueltas como buitres, pero no podía eliminarlos.

«Puedo y debo hacerlo. Lo haré. Me volveré inmune a ella. ¡Lo conseguiré!».

Pero le estaba costando más de lo que pensaba. Cuando estaba a su lado, atormentado por los recuerdos de aquella noche inolvidable, los ojos se le iban hacia ella sin querer.

Bastante malo le había resultado el viaje en avión, la cena de la noche anterior y el trayecto al hotel, cuando ella se había mostrado tan retraída e inexpresiva. Pero cuando había salido al jardín del hotel, su rostro y sus ojos habían vuelto a la vida, llenos de placer. ¡Qué expresión tan radiante!

Se había visto obligado a aplastar su entusiasmo diciéndole que a él solo le interesaba el beneficio que pudiera obtener del hotel, que un proyecto no lo volvía sentimental.

Ni ella tampoco.

Ese era el mensaje que debía transmitirle. Y era el único mensaje que le había transmitido al encontrársela jugando en la piscina esa tarde. Un mensaje de patente desagrado. Porque, de no haberlo hecho...

«No hubiera podido soportar ver su glorioso cuerpo casi desnudo, con ese bañador que se ajustaba a sus exuberantes curvas y su estrecha cintura».

Se había obligado a hablarle con enfado, pero estaba enfadado consigo mismo, por su debilidad y su vulnerabilidad ante ella.

Contestó distraídamente a lo que aquel hombre le acababa de decir.

«No volveré a ser vulnerable. No la desearé ni querré estar con ella. La he traído aquí para volverme inmune a ella, para aprender a sentir indiferencia y a fingirla. Y lo lograré. Tengo que hacerlo».

Su anfitrión le estaba preguntando por sus planes, por lo que se obligó a centrarse. No tenía sentido revivir ese día ni dejar que sus pensamientos se dirigieran a la villa, donde Talia estaría cenando sola y se acostaría sola.

Talia se sentó a la mesa que Fernando y otros empleados habían llevado a la terraza de su habitación. Una brisa ligera rizaba el mar y de los jardines le llegaba el canto de los pájaros y las voces de los empleados mientras se dedicaban a sus tareas.

Reinaba una gran paz.

Y era paz lo que intentaba hallar en su interior. Había dormido mal, incómoda tanto con el aire acondicionado como sin él. En un momento dado había salido a la terraza y la había envuelto la calidez de la noche. La luna brillaba en el cielo y había oído de nuevo la voz de su madre hablando de la alegría de tener un idilio bajo la luna tropical.

Luke había vuelto tarde. Ella se había quedado en la habitación, donde le sirvieron la cena. Después mandó un correo electrónico a su madre esforzándose en parecer alegre.

Le habló de la visita al hotel, de las ideas que tenía para reformarlo. Le describió la hermosa isla y le dijo que ya estaba superando el desfase horario.

Durante la mañana no hubo señales de deshielo por parte de Luke. Ni siquiera lo vio. Le sirvieron el desayuno en la habitación y, al preguntar por él, le dijeron que estaría fuera todo el día y que ella debía trabajar en la villa.

Comenzó a desarrollar sus ideas para la reforma

del hotel, con su cuaderno de dibujo y sus lápices y pinturas. Agarró el cuaderno donde había esbozado planos y medidas y cargó en el ordenador portátil las numerosas fotos que había sacado.

Comenzó a sentir la misma emoción que había sentido el día anterior en el hotel. El entusiasmo se apoderó de ella. El hotel estaba situado en un entorno tan hermoso y poseía una estructura tan perfecta que, ¿cómo no iba a ser capaz de devolverle su antigua belleza?

«Lograré que recupere la belleza. Haré que sea más bello aún».

Lo haría por Luke, por el hombre con el que había pasado una noche mágica, no por el que ahora la trataba con tan cruel indiferencia.

Ya no la deseaba y le había dejado muy claro que lo que había ardido tan brillante pero brevemente entre ambos se había convertido en cenizas. De todos modos, ella utilizaría el talento que tenía, fuera el que fuera, para demostrarle lo hermoso que podía ser aquel lugar devastado.

Siguió trabajando con renovado ímpetu.

Luke entró en la villa. Había sido un día muy largo y se sentía frustrado. Por la mañana se había reunido con un grupo de funcionarios y los dueños del hotel, que sabía que eran parientes del ministro de Desarrollo, y el mensaje que le habían transmitido era inequívoco: querían que comprara el hotel, pero a un precio que no estaba dispuesto a pagar.

Al reunirse por la tarde con el arquitecto y los ingenieros con los que iba a trabajar, había llegado a la conclusión de que el coste de las obras sería astronómico. Después había realizado otra visita al hotel.

Flexionó los hombros mientras entraba en el despacho para comunicarse con su secretaria en Lucerna. Ya era hora de comenzar a negociar en serio.

Le encantaba la idea.

Lo que no le hacía ni pizca de gracia era lo que se disponía a hacer.

Se sentó al escritorio y descolgó el teléfono de la casa.

—Fernando, dile, por favor, a la señorita Grantham que necesito que me acompañe. Tiene que estar lista a las seis y media e ir vestida de noche. Se trata de una recepción en la residencia del ministro de Desarrollo, seguida de una cena.

Colgó y se preguntó si debía hacerlo. ¿Debía acudir con ella? Pero ¿cómo iba a volverse inmune a Talia si no pasaban tiempo juntos? Tenía que hacerlo.

«Puedo hacerlo. Voy a hacerlo. Debo hacerlo».

No dirigió la palabra a Talia cuando esta llegó al vestíbulo, a la seis y media en punto, sino que se limitó a hacerle un gesto de asentimiento con la cabeza, antes de encaminarse al coche.

Ahora, mientras ella, sentada a su lado, miraba por la ventanilla, Luke la observó de reojo. Después se obligó a mirarla de verdad, a contemplar su perfil y la suave curva de sus senos y a aspirar el perfume que llevaba. Obligó a sus sentidos a soportarlo.

Veinte minutos después, cuando llegaron a la lujosa residencia privada del ministro, entraron si que él le ofreciera el brazo. El ministro, al verlo, se le acercó sonriendo. Lo saludó y esperó a que le presentara a su acompañante.

—Mi... secretaria.

Lo que pretendía al decirlo era que el ministro no supiera que ya había comenzado a desarrollar el diseño interior del hotel, ya que eso revelaría lo interesado que estaba en su compra, lo que lo situaría en desventaja a la hora de regatear.

Pero se percató, demasiado tarde, de que su vacilación al contestar había hecho que el ministro dirigiera a Talia una mirada de admiración, porque había llegado a una conclusión muy distinta.

—Ojalá mi secretaria fuera tan hermosa como usted, querida —el ministro sonrió a Talia.

Luke cerró los puños al tiempo que se apoderaba de él el primitivo deseo de apartar a Talia de cualquier hombre que la mirara así, deseo que se intensificó cuando oyó que ella le reía el cumplido.

El ministro fue a saludar a otros recién llegados y Luke agarró a Talia por el codo para apartarla de allí. Notó que ella se ponía rígida por lo fuerte que la había asido, y la soltó. Se les acercó un camarero con bebidas y Luke agarró dos copas y le dio una a ella.

—Tengo que establecer contactos —dijo. Y después, sin poder evitarlo, añadió algo, impulsado por los celos, que lamentó instantáneamente:

—No flirtees con ningún hombre.

Ella ahogó un grito, pero él no le hizo caso y se adelantó a saludar a uno de los ayudantes del ministro, al que había conocido esa tarde.

Talia apretó los labios. No había necesidad de que Luke le dijera eso.

«¿Qué cree que debía haber hecho? ¿Decirle al ministro, cuyo visto bueno necesita para el proyecto, que mi aspecto no tiene nada que ver con mi competencia profesional?».

Había salvado la situación con gracia, ya que tenía mucha experiencia en esa clase de comentarios y torpe admiración por los años que había pasado relacionándose con conocidos de su padre.

Se sentía tremendamente incómoda, como lo había hecho desde el momento de montarse en el coche con Luke, así que puso en práctica la rutina que conocía para esa clase de reuniones: murmurar saludos anodinos y mantenerse en silencio al lado de Luke, al igual que hacía con su padre.

Este exigía de ella que fuera un mero adorno. ¿Por eso la había llevado Luke allí?

Ciertamente no había sido por el placer de su compañía, eso seguro. No le había dirigido la palabra, salvo para hacerle aquel injusto comentario, que la había herido en lo más vivo. Y le había dado a entender claramente que no tenía ningún interés en que estuviera con él.

Entonces, ¿para qué requería su presencia?

Al presentarse acompañado, ¿acaso quería mantener alejadas a otras mujeres? Porque estaba claro, ahora que se fijaba, que las miradas femeninas lo seguían con disimulo o abiertamente. Apretó los dientes. No culpaba a esas mujeres. Toda aquella que lo viera lo desearía.

«Igual que yo».

Aparto ese sombrío pensamiento y volvió a sentir la angustia habitual. Había tenido una oportunidad con Luke y la había desperdiciado. Y aunque fuera por motivos que escapaban a su control, el resultado había sido el mismo: se había marchado cuando quería quedarse, y su falta de valor lo había estropeado todo.

Suspiró. Lo único que quedaba entre ambos era el hecho de que, por alguna razón que ella no entendía, él la había llevado a la isla a trabajar. Debía estarle agradecida por eso y por no haberla echado de la villa de Marbella inmediatamente, además de por las generosas condiciones que le había ofrecido, ya que su sueldo de interiorista no cubriría ni tres meses de alquiler de la villa.

No era de extrañar que él quisiera encomendarle cualquier tarea extra, desde ser su secretaria a acompañarlo a acontecimientos sociales como aquel.

Luke iba avanzando metódicamente por la sala, seleccionando a diversas personas con las que hablar. Por su conversación, a Talia le quedó claro que, para él, aquello era una versión ampliada de una reunión de negocios. Ella se limitó a acompañarlo dócilmente y a cuidarse de no «flirtear», como tan injustamente le había dicho él.

—Muy bien, podemos irnos.

Notó que él volvía a agarrarla del codo para guiarla. Atravesaron la gran sala, solo deteniéndose para que él estrechara algunas manos y se despidiera. Talia murmuró sus despedidas, sonrió educadamente y, por fin, salieron.

Una vez en el coche, Luke dio instrucciones al chófer. Talia oyó que le daba el nombre del hotel más famoso de la isla.

«Y ahora, ¿qué?».

Iban a cenar.

Tan dócilmente como en la fiesta que acababan de abandonar, entró al restaurante del hotel al lado de

Luke. Pensó que el vestido que llevaba esa noche no se parecía en nada a aquel otro, corto, rojo y ajustado, que llevaba en la fiesta en que había conocido a Luke. El de ahora, como todos sus vestidos de noche, lo había elegido para agradar a su padre, al que le gustaba demostrar al mundo lo rico que era.

Esa vida se había acabado para siempre y ahora intentaba proteger a su madre del mejor modo posible, costara lo que costara.

Se sentó a la mesa reservada para ellos, agarró el menú y comenzó a leerlo. ¿Por qué la había llevado a ese restaurante? Puesto que su función de apartar a otras mujeres ya no era necesaria, podía haberla mandado de vuelta a la villa. Fuera cual fuera su propósito al llevarla allí, tendría que aceptarlo, por doloroso que le resultara.

Lo miró. Leía atentamente el menú y la carta de vinos. El camarero se acercó para servirles agua y esperó para tomarles nota. Ella le dijo lo que iba a tomar y le sonrió. El camarero le devolvió la sonrisa. Luke pidió lo que iba a tomar en tono seco. El camarero asintió y se fue.

—Intenta no flirtear con los camareros tampoco.

—¡No lo he hecho! —exclamó ella, indignada.

—No te quitaba los ojos de encima —contestó él—. Ningún hombre puede hacerlo.

Él dirigió la mirada hacia una mesa cercana, donde dos hombres la miraban descaradamente. A Luke no le extrañó. Incluso con aquel vestido que no la favorecía, era la mujer más hermosa del comedor. Había sido la más hermosa en la fiesta anterior y la más hermosa en aquel momento.

«La más hermosa dondequiera que vaya».

Volvió a mirarla. Ella había agachado la cabeza antes sus palabras y se había sonrojado.

Eso lo enfureció, pero era una furia dirigida contra sí mismo. Con su mirada absorbió su belleza, las largas pestañas que sombreaban sus ojos castaños, la delicada curva de sus mejillas, el temblor de sus labios carnosos, la grácil línea del cuello...

Lo invadió una oleada de deseo.

Se negó a reconocer lo que sentía y se repitió que la única razón por la que la había llevado esa noche con él era para habituarse a su presencia y que no lo afectara. Y debía lograrlo.

Para evitar mirarla de nuevo, hizo señas al sumiller de que se acercara a la mesa y se puso a hablar con él de vinos, aunque seguía siendo consciente de que, frente a él, Talia, con la cabeza gacha y sin mirarlo, hacía cachitos un panecillo.

Eligió el vino, lo probó, le pareció bien y despidió al sumiller. Miró a Talia intentando hallar algo que criticarla.

Se fijó en el vestido y frunció el ceño. No contribuía en absoluto a acentuar su belleza y, a pesar de que sabía que eso debería complacerlo, le dijo en tono crítico:

—¿El vestido es del mismo diseñador que el que llevabas en la villa?

Ella se sobresaltó como si no esperase que le hablara.

—Sí.

—No te queda bien —le espetó él. Vio que ella se sonrojaba—. Es demasiado recargado —y añadió, sin poderlo evitar—: No se parece en nada al que llevabas en aquella fiesta...

Se maldijo a sí mismo al pronunciar esas palabras. Lo único que le faltaba era recordar aquella noche.

Talia volvió a agachar la cabeza.

—A mi padre le gustaba este estilo. Decía que era muy femenino. Quería que tuviera ese aspecto.

¿Así que se vestía para agradar a su devoto padre? No debería sorprenderlo, ya que, a fin de cuentas, era Gerald Grantham quien le pagaba su lujosa forma de vida.

Cambió de tema bruscamente. Debería darle igual qué vestido llevara ella. Cuanto menos favorecedor, mejor.

—¿Has progresado en las ideas para el diseño del hotel? —preguntó en el momento en que llegaba el primer plato.

Ella alzó la cabeza de nuevo y respiró hondo.

—De momento, estoy trabajando en la paleta de colores. Me has dicho que te proponga mis propias ideas, pero, si no te gustan...

Él la interrumpió.

—Cuando contrato a un profesional, no espero tener que hacer su trabajo —dijo él con brusquedad.

Ella volvió a sonrojarse.

—No me refiero a eso. Lo que quiero decir es que, si se me ocurre alguna idea que no te guste, es mejor que me lo digas inmediatamente, para hacer lo que desees.

Él tomó un sorbo de vino.

—Si no me gustan, no las utilizaré. Dime, ¿qué experiencia comercial tienes? ¿Has hecho algo que haya podido ver?

—He diseñado el interior de todas las propiedades de mi padre, pero...

Iba a decir: «Pero, por favor no me juzgues por ese trabajo, porque tuve que adaptarme a las instrucciones de mi padre y no pude poner en práctica mis propias ideas».

Sin embargo, no pudo hacerlo. Luke la miró con el ceño fruncido.

—No me lo habías dicho.

Parecía estar acusándola, y Talia volvió a sonrojarse.

—No me has hecho preguntas sobre lo que he hecho —protestó para defenderse. Quería decirle que el trabajo realizado para su padre no era representativo de su capacidad.

Pero Luke siguió hablando.

—¿Qué has hecho para otros clientes?

Ella vaciló, pero le dijo la verdad.

—Nada, pero...

Intentó decirle que su padre no le había permitido trabajar para nadie más, pero, al igual que antes, él la interrumpió. Seguía frunciendo el ceño.

—¿Quieres decir que solo has trabajado para tu padre?

Su tono cáustico era inequívoco. Talia se estremeció porque sabía que, si veía alguno de los estridentes interiores que había diseñado para su padre, la juzgaría críticamente.

—¿Y bien? —preguntó Luke, que, claramente, deseaba una respuesta.

Ella tragó saliva, asintió y trató de nuevo de explicarle que ese trabajo no la representaba, pero Luke no la dejó.

Oyó que mascullaba algo en griego. Le pareció que era algo desdeñoso, a pesar de no tener ni idea de lo que significaba. Él volvió a mirarla.

−¿Qué te parece este sitio desde un punto de vista profesional? −le preguntó en tono desafiante.

Ella echó un vistazo al opulento comedor tratando de aclararse las ideas. La había pillado desprevenida, e intentó recuperar la compostura.

−Es… impresionante −contestó.

Había elegido la palabra con sumo cuidado. En su opinión, los muebles dorados y la decoración estaban fuera de lugar en una isla tropical, pero no quería insultar al diseñador que había dejado allí su sello.

Luke entornó los ojos.

−¿Intentarás imitar ese estilo?

Ella lo miró con expresión incierta.

−Me esforzaré en hacerlo lo mejor que pueda, si es lo que deseas.

Era lo último que ella elegiría, aquel estilo ampuloso en un hotel devastado por un huracán. Sería una completa equivocación.

Pero no tuvo ocasión de decirlo.

−¡Claro, como te «esforzaste» en escribir de forma tan horrorosa aquellas cartas!

Ella se puso colorada ante el desprecio que había en su voz. Consternada, notó que se le llenaban los ojos de lágrimas, como cuando él le había corregido los errores de las cartas. Parpadeó con rapidez para hacerlas desaparecer.

Se sentía muy desgraciada. ¿Por qué la atacaba de aquella forma? Agachó la cabeza y siguió comiendo, a pesar de que la comida, de repente, le supo mal.

Luke endureció su expresión. Que ella le hubiera revelado que la única experiencia de diseñadora era el trabajo que había realizado para su padre lo había puesto furioso. Era evidente que no se trataba de una interiorista profesional, sino de una aficionada, la hija de un hombre rico a la que le gustaba la idea de diseñar como una forma de matar el tiempo entre las compras y las reuniones sociales.

Su padre se lo había consentido, y ella se había divertido creando interiores que se hallaban, sin excepción, en las propiedades pertenecientes a Grantham Land que había visto desde que las había adquirido. ¡Todos horribles! Recargados, ostentosos y de mal gusto.

Su expresión se endureció aún más. No había la más mínima posibilidad de que a ella se le ocurriera algo que él pudiera utilizar.

«Pero ¿de verdad quiero que algo del nuevo hotel me la recuerde?».

Volvió a mirarla. Seguía comiendo mecánicamente con la cabeza gacha, pero tenía una expresión de tristeza, lo cual lo irritó.

No deseaba que tuviera ese aspecto, como si hubiera herido sus sentimientos con sus palabras. Lo que quería era no sentir nada por ella.

No lo estaba consiguiendo.

—Talia… —¿era dura su voz? No era su intención, pero le había salido así.

Ella levantó la cabeza. Su expresión de tristeza era más pronunciada, le temblaba el labio inferior y tenía los ojos empañados.

Luke soltó un improperio en griego. Estaba impaciente y enfadado por lo que sentía y contra lo que intentaba luchar.

—No trates de que te compadezca para que las cosas te resulten más fáciles. Te ofrecí el empleo de buena fe y con unas condiciones extremadamente generosas. No es problema mío que tengas dificultades económicas, así que no me pidas comprensión en ese sentido.

No olvidaba el infierno por el que el padre de ella había hecho pasar a su familia ni cómo había visto sufrir a sus padres antes de morir. Talia había vivido como una princesa mimada, mientras que el padre de él…

Se produjo un ruido repentino cuando ella soltó los cubiertos y cayeron al plato. Luke vio que su expresión había cambiado por completo. Estaba furiosa.

–¡No te pido comprensión ni compasión! –sus ojos brillaban de ira–. Te estoy muy agradecido por el encargo y más que dispuesta a realizar otros trabajos que necesites. ¡Pero no voy a disculparme por mis fallos como secretaria cuando carezco de formación como tal!

Respiró hondo y volvió a increparlo, incluso con más furia.

–¡Tampoco está justificado que te me lances a la yugular cada vez que hablo! Y en cuanto a mi comportamiento… –los ojos le volvieron a brillar– ¡no estoy dispuesta aceptar tus injustificadas acusaciones de que me dedico a flirtear! No tienes derecho a hacer esa clase de comentarios. ¡Y si no distingues la buena educación del flirteo, el problema es tuyo, no mío!

Talia se levantó. Le daba igual lo que había dicho y sus consecuencias. Estaba harta de aquel hombre.

No iba a tolerarle ni una sola burla más, ni un solo deprecio más.

¡Ni uno!

–No forma parte de mi trabajo pasar las noches contigo. ¡Esta se ha terminado!

Tiró la servilleta a la silla y cruzó el comedor a grandes pasos, llena de furia. Estaba harta de las burlas, de las acusaciones… ¡de todo!

Llegó al vestíbulo del hotel. Sentía sobre todo ira, pero también otros muchos sentimientos.

Notaba una opresión en el pecho y tragaba con dificultad. Quería salir de allí, marcharse de una vez. Y no solo de aquel recargado hotel que hacía daño a la vista por su ostentación.

Quería salir de aquella situación insostenible. Estar tan cerca y a la vez tan distante de Luke era una tortura. Él no hacía más que arremeter contra ella, criticarla y despreciarla, de modo que le era imposible hacer nada a derechas. Parecía una persona totalmente distinta a la que había conocido, como si aquella noche maravillosa que había pasado con él, en la que había tenido que recurrir a toda su fuerza de voluntad para apartarse de su lado, no hubiera existido.

Y pensar que esperaba de forma tan patética como estúpida tener una segunda oportunidad con él para compensarlo por haber tenido que huir de la forma que lo había hecho… ¡Qué idiota había sido al creer que podría recuperar la dicha que habían hallado tan brevemente!

La tristeza la consumía, la ahogaba, al igual que el aire húmedo que la golpeó al salir al patio. Se subió al primer taxi que esperaba allí, después de que el por-

tero se hubiera apresurado a abrirle la puerta del vehículo.

El taxi arrancó y ella se desplomó en el asiento, ajena
a todo lo que no fuera su dolor.

Capítulo 6

LUKE observó a Talia mientras se iba a toda prisa. Durante unos segundos, se quedó inmóvil. Después corrió tras ella.

Pero apareció el maître con expresión preocupada preguntando si había algún problema con la comida, el vino, el servicio, el personal...

—¡Ninguno! —exclamó Luke, que solo deseaba empujar al hombre para echarlo a un lado y seguir a Talia, que ya salía por la puerta principal—. ¡Disculpe!

En el vestíbulo lo retrasó de nuevo un grupo que entraba en ese momento. Cuando llegó al patio, ella ya se había marchado.

—Tráigame el coche! —gritó al portero.

Le pareció que la limusina tardaba un siglo en llegar. Una vez en su interior, interrumpió las disculpas del chófer por el retraso.

—No importa. Lléveme a la villa lo antes posible.

Un trayecto en coche nunca le había parecido tan largo.

Era la primera vez que la emoción se apoderaba de él de aquella manera, gritándole la mentira a la que intentaba aferrarse, la mentira en la que no podía seguir creyendo.

«Ella nunca me será indiferente. Nunca seré inmune a su presencia».

Ese pensamiento redujo a cenizas todo lo que había sentido y creído desde que la mujer con la que había pasado una noche que le había cambiado la vida lo abandonara sin decir palabra.

Talia subió las escaleras sin hacer caso del saludo de Fernando, que le preguntó si necesitaba algo.

«¡Sí, salir de aquí! ¡Marcharme de una vez! Ir al aeropuerto y tomar el primer avión de vuelta a casa».

Pero ¿cómo iba a hacerlo? ¿Y dónde estaba su casa, ahora?

Si quería seguir manteniendo a su pobre madre, incapaz de enfrentarse a la catástrofe que había destrozado sus vidas, debía seguir soportando el tormento de que Luke se comportara de manera tan horrible.

Estaba atrapada allí. Aunque, tras su estallido en el restaurante, tal vez él no se atuviera al acuerdo que había entre ambos.

Las lágrimas la ahogaban al llegar a la habitación. Se desnudó y se envolvió en una bata estilo kimono. Después se sentó al tocador, se soltó el cabello y se lo cepilló con fuerza, como si quisiera librarse de algo más que de los enredos.

Se secó de un manotazo las inútiles lágrimas. ¡Aquel no era Luke! No era el hombre con el que había sentido tanta dicha, el que la había llevado a un paraíso cuya existencia desconocía. El hombre que había querido apartarla de su desgraciada vida y llevarla a una isla tropical, a un lugar que solo fuera de ellos.

La angustia la ahogaba. La amarga paradoja era

que se hallaba en una isla con él, una de las miles del Caribe a la que podrían haber huido.

Se le crispó el rostro de dolor. Sí, estaba en una hermosa isla caribeña, bañada por el sol, pero no con Luke o, al menos, no con el hombre que ella creía que era. Se hallaba allí con un desconocido de rasgos duros y voz cruel, a quien todo lo que hacía le parecía mal. Un tirano como su padre, que solo sabía criticarla y mostrarse desdeñoso.

No era Luke. De ninguna manera.

«El hombre al que conocí tan brevemente ha desaparecido para siempre y no va a volver. O puede que aquel no fuera el hombre que realmente es. Tal vez este sea el verdadero Luke».

Soltó un sollozo, llena del dolor que la había poseído desde que se enteró de que era él quien había llevado a su familia a la ruina y se había quedado con los restos del negocio.

De todos modos, ahora ella le era indiferente.

«Parece que me odia».

La emoción volvió a apoderarse de ella.

«Y yo lo odio. Lo odio por ser como es ahora, por su indiferencia, frialdad, ira y crueldad».

De repente, oyó un ruido detrás de ella. La puerta de la habitación se abrió, y ella vio reflejada en el espejo del tocador la causa de su desolación

Se dio la vuelta.

—¡Vete!

Se lo gritó con todas sus fuerzas, pero Luke no la obedeció, sino que se aproximó con una expresión sombría.

Talia se levantó. Los ojos de él brillaban con una luz oscura. La agarró de los brazos y el calor de sus manos traspasó la seda de las mangas de ella, que se mareó con la sensación, con su cercanía. Le llegó el olor de su cuerpo. Con todos los sentidos despiertos, los recuerdos la azotaron como el viento y el mar a un pequeño velero en medio de una tormenta.

No podía soportarlo.

Volvió a gritarle. El corazón le latía desbocado.

—¡Suéltame! ¡No tienes derecho a irrumpir aquí y a agarrarme! ¡Vete! ¡Fuera!

Su voz estaba llena de furia y desesperación.

Él no la soltó. Hizo una mueca. La luz oscura seguía brillando en sus ojos y ella se tambaleó y se debilitó ante su intensidad.

Solo la sostuvo la fuerza de las manos masculinas.

—Échame si quieres... —dijo él con voz ronca—. Pero aún no.

Durante unos interminables segundos, se miraron a los ojos. Y él la atrajo hacia sí y su boca descendió hacia la de ella.

La habitación desapareció. El mundo desapareció. Todo desapareció. Ella se ahogó en su beso. Era insoportable devolvérselo e impensable no hacerlo. Lo agarró con fuerza por los hombros. Entonces, tan repentinamente como la había atraído hacia él, la soltó y retrocedió mientras lanzaba una breve carcajada, carente de humor.

Seguía mirándola con los ojos brillantes. Ella le devolvió la mirada con el corazón desbocado, los labios entreabiertos por la pasión de su beso y los ojos doloridos.

—¿Ves ahora por qué he sido tan cruel contigo? He tratado de mantenerte a raya, de distanciarte —su voz seguía siendo ronca—. Porque es la única manera de evitar que te bese como acabo de hacer. Es mi única protección.

Apartó las manos de ella, que se tambaleó. Estaba aturdida.

Él volvió a reírse sin alegría.

—Dime que me vaya —la voz le había cambiado, así como la oscuridad de sus ojos—. O dime que me quede.

Ella era incapaz de moverse ni de hablar. El deseo se había apoderado de su cuerpo como un incendio. Los senos se le habían hinchado, los pezones, endurecido, y tenía mucho calor. Todo ello declaraba cuál era su respuesta.

—Ya ves —dijo él con suavidad— cuánta protección necesito contra ti.

Extendió la mano hacia ella, que siguió inmóvil y sintiéndose muy débil. Le acarició la mejilla con un dedo y, después, bajó la mano. Era el mismo gesto que había hecho la primera vez que la había acariciado aquella noche.

Ella observó que tenía los ojos entrecerrados. Contempló su rostro y volvió a sentir su olor. Aquello era una locura. Solo podía serlo dejar que todo se repitiera, después de lo que había pasado entre ellos.

—Te deseo. Te deseo tanto como la primera vez que te vi. Es así de sencillo, Talia.

Aproximó de nuevo su boca a la de ella, pero no de forma exigente y fruto de un momento de pasión, sino lenta y sensual, con objeto de que ella se le rindiera, de que le resultara imposible hacer caso de lo que el sentido común le indicaba: que aquello era una locura y que debía detenerlo inmediatamente.

Pero ¿cómo resistirse? ¿Cómo apartarse del dulce

roce de sus labios?, ¿de la excitación de sus sentidos y de la sangre que le resonaba en los oídos? Abrió la boca para él, para probar la dulzura del interior de la suya.

Notó que él le deslizaba las manos en torno a la cintura y la atraía hacia su fuerte cuerpo. Los bordes de la bata rozaron la suave tela del esmoquin. Se le endurecieron los pezones y su deseo aumentó. Llevó las manos, que parecían actuar por su cuenta, al torso masculino, se las introdujo en el esmoquin y palpó los duros músculos del pecho.

El beso se intensificó y él la apretó contra sí, de modo que sus caderas se tocaron. Ella ahogó un grito al notar, aunque no debería haberla sorprendido, su fuerte excitación. Alimentó la de ella, calentando el centro de su feminidad mientras gozaban mutuamente del beso.

Ella soltó un débil gemido, lo que fue como echar leña al fuego.

Él la tomó en sus brazos para llevarla a la cama y dejarla sobre ella. Se quitó el esmoquin con impaciencia.

Ella se quedó tumbada, llena de deseo. Aquello era una locura, pero no le importaba. Alzó los brazos riendo de placer y alegría.

Estaba sucediendo de verdad. Él volvía a estar allí, con ella, y lo único que deseaba ella era a él.

Lo que siempre desearía.

El resto del mundo desapareció.

Solo estaba Luke. Y que fuera a poseerla. Solo eso.

La débil luz del amanecer se filtraba por las contraventanas. Luke, estaba tumbado, saciado, con el suave cuerpo de Talia en sus brazos. Se enrolló un mechón de su cabello en el dedo. Estaba medio dormida, con los senos aplastados contra su pecho y las piernas enredadas en las suyas.

En algún momento de la noche, él había apagado el aire acondicionado y la lámpara del tocador y había dejado que los envolviera la cálida noche tropical.

Tenía la sensación de haber obrado correctamente. Estaba bien que se hubiera rendido a lo que había estado combatiendo desesperada e inútilmente.

Lo supo en el momento en que ella se había marchado hecha una furia del restaurante del hotel. Supo que solo deseaba una cosa, que solo podía hacer una cosa. Y era lo que había deseado desde el mismo instante en que ella había entrado en el despacho de Suiza, a pesar de que se lo había estado negando a sí mismo.

Había tratado de endurecerse ante ella por todos los medios. La había tratado mal, de forma distante y crítica, y había intentado mostrarse indiferente. Pero su deseo de ella se había intensificado, y no había podido seguir esforzándose.

Había tenido que rendirse a lo que deseaba cada minuto del día y de la noche.

Volver a poseerla. Hacerla suya de nuevo.

Le soltó el mechón y le acarició la piel con el dedo, deslizándoselo por el hombro. Notó que ella se estremecía. Inclinó la cabeza y le rozó los labios con los suyos, excitándola.

Volvía a desearla.

No sabía durante cuánto tiempo seguiría deseándola, ahora que la tenía a su lado. Tal vez acabara cansándose de ella. Pero no iba a pensar en eso en aquel momento. Lo que sí sabía era que, ahora, ella no sería la que lo abandonase. Haría que le resultara imposible desear hacerlo.

Ella ya lo había rechazado una vez, pero eso no se repetiría. Mientras él la deseara se aseguraría de que ella le correspondiera.

Le acarició el costado y el muslo, antes de dirigirse al centro de su cuerpo. La oyó gemir y dejo que sus dedos fueran donde le indicaban los muslos separados de ella.

La oyó gemir de nuevo, y su deseo aumentó. Se colocó sobre ella y volvió a poseerla.

Capítulo 7

TALIA suspiró lánguidamente y rio compungida.
–¡Me siento culpable! ¡Debería seguir con los
bocetos!

Luke la tomó de la mano.

–No hay prisa. Ni siquiera he comprado el hotel
todavía.

Talia volvió la cabeza hacia él. Se hallaban tumbados en hamacas, al lado de la piscina, bajo una sombrilla que los protegía del sol de la tarde.

–Lo vas a comprar, ¿verdad?

¿Por qué había esa urgencia en su tono? Fuera lo
que fuera lo que la atraía de aquel triste lugar en ruinas, quería salvarlo y restaurarlo, devolverle la vida.

Luke la miro de reojo.

–¿Quieres que lo haga?

–¡Claro que sí! Podría volver a ser muy hermoso.
Él asintió.

–Sí, gastándome mucho dinero –afirmó en tono
seco–. Aún sigo negociando el precio. Los dueños
creen que soy un rico inversor extranjero al que pueden desplumar. No saben lo equivocados que están
–concluyó con acritud.

Talia lo miró. La inquietaba ese tono frío y seco,
pero desechó la inquietud. El Luke frío, cruel y distante había desaparecido y ahora era el hombre al que

recordaba: el hombre cálido y apasionado que la había tomado en sus brazos y llenado de besos.

Además, para aumentar su dicha, no había nada que pudiera separarlos. Estaban juntos, como lo habían soñado, en el soleado Caribe, viviendo un idilio tropical. Antes era imposible, pero ahora podían estar juntos.

Emocionada, apretó la mano de Luke, que agarraba la suya, solo por el placer de saber que se hallaban asidos de la mano. Él le respondió llevándose la mano de ella a la boca y besándola dulcemente, al tiempo que la miraba a los ojos.

—Creo que hemos tomado suficientemente el aire, ¿no te parece?

Sus labios juguetearon con la mano de ella, explorándole deliberada y sensualmente las puntas de los dedos y rozándole la delicada piel de la muñeca.

Sin dejar de mirarlo, ella comenzó a excitarse y la sangre se le aceleró.

—¿Qué propones? —preguntó en tono burlón.

Él se echó a reír.

—Vamos adentro y lo averiguarás.

Se sentó en la hamaca y tiró de Talia para que se levantara. Le pasó el brazo por la cintura.

—Si no estuvieran los empleados, los averiguarías aquí mismo —su mano descendió a sus nalgas. Le brillaban los ojos—. Mañana vamos a ir de compras. Tienes que dejar de ponerte este bañador. Quiero que lleves bikini. O nada en absoluto —su voz sonaba excitada.

Talia rio sin dejar de mirarlo. Con el dedo recorrió la cinturilla de su bañador introduciéndolo ligeramente, y volvió a reír cuando él encogió repentinamente los músculos ante su contacto.

–También yo creo que este bañador oculta demasiado.

Comenzó a bajar la mano por dentro de la prenda, pero él la detuvo agarrándola por la muñeca.

–¡Para! –exclamó con voz tensa, antes de tomarla en brazos–. Es hora de llevarte arriba, antes de que deje de lado toda precaución y te posea en una de estas hamacas.

Ella le rodeó el cuello con los brazos, maravillándose de la fuerza de su cuerpo.

–¡Tómame! ¡Soy tuya! –gritó en tono melodramático y burlón, para volverse a reír.

Él la llevó, como si fuera una pluma, al piso de arriba para hacerla suya, toda suya.

Luke se apoyó en la barandilla de la cubierta del yate y miró la orilla de la playa.

A su lado, Talia suspiró de placer.

–Es precioso –musitó.

Luke se echó a reír.

–En cierto modo, un crucero para ver la puesta de sol es un cliché, pero merece la pena.

Se les acercó un camarero con una bandeja en la que había una botella de champán dentro de una cubitera con hielo y dos copas. La dejó en una mesa cercana y se marchó. Luke agarró la botella, la abrió y llenó las copas.

La luz del crepúsculo los bañaba mientras el yate surcaba el mar azul cobalto. Ella dio otro suspiro de satisfacción. ¡Qué maravilloso era aquello!

Y todo gracias a Luke.

Sonrió al tiempo que agarraba la copa que él le

tendía. Parecía relajado. Con una camiseta azul, unos chinos marrones y mocasines, estaba elegante... y para comérselo.

Se le encogió el estómago al pensar en cuánto lo deseaba y necesitaba y en lo mucho que desearía quedarse con él para siempre.

Sintió una leve inquietud. Hacía casi una semana que habían llegado a la isla, y había sido la más dichosa de su vida. Pero recordó lo que él le había dicho en Lucerna, el día que ella había ido a rogarle que no las echara, a su madre y a ella, de la villa de Marbella.

Le había dicho que quería que estuviera dos semanas en el Caribe. Y después, ¿qué? No lo sabía. Solo le cabía la esperanza de que estar con ella fuera tan maravilloso para él como lo era para ella estar en su compañía.

Ella no quería apartarse de su lado. ¿Sentiría él lo mismo? ¿Querría que formara parte de su vida? Lo esperaba de todo corazón.

—Tenemos que celebrarlo —dijo Luke lazando la copa.

Talia lo miró, inquisitiva.

Él le señaló la costa con la cabeza. Se abría ante ellos una playa de arena blanca cubierta de palmeras caídas y, al fondo, un edificio en ruinas.

—¡El hotel! —exclamó ella.

—En efecto. Ahora es mío.

Ella volvió la cabeza. Se le había iluminado el rostro.

—¡Qué bien, Luke! ¡Lo has comprado!

—Ha sido una dura negociación, pero, sí, ahora es mío. ¿Estás contenta?

—Sí, estoy encantada. Había que salvarlo.

Él rio.

—Te pones muy sentimental.

—¿Por qué no iba a hacerlo? Si no lo hubieras comprado, ¿qué le habría pasado?

—Probablemente lo habrían demolido.

—Eso es horrible. Merece mejor suerte.

Él se quedó callado durante unos segundos.

—Sí, así es —dijo por fin.

Tocó la copa de ella con la suya.

—Bebe para celebrar mi nueva adquisición. Es casi tan buena como la que hice a principios de semana.

Ella lo miró sin entender.

Él agachó la cabeza y la besó largamente.

—Tú has sido una maravillosa adquisición.

Ella lo miró con aire inseguro.

—¿Eso es lo que soy? —preguntó mirándolo fijamente a los ojos. Pero él se limitó a sonreírle.

—Bebe —repitió en voz baja—. Queda mucho en la botella. Nos servirán la cena en cualquier momento. Y, después, mi intención es probar la cama del camarote.

Y volvió a besarla larga y posesivamente.

Era hermoso besarla. Sentir su boca de terciopelo abrirse para él, probar su dulzura, y despertar en ella la pasión.

Pero no en aquel momento. Lo dejaría para más tarde. Se separó de ella y dio un trago de champán, mirándola como el propietario contemplaría la propiedad por la que había firmado un contrato de compra esa tarde.

Ahora quería saborear el momento.

Había comprado el hotel al precio que había querido, no al que preveían sus dueños. Era un precio justo. La reforma sería cara, como le había dicho a Talia, y tardaría años en recuperar la inversión y obtener beneficios. Pero merecía la pena, y no solo desde el punto de vista económico.

Volvió a mirar la costa. ¿Por qué lo había atraído tanto aquel edificio en ruinas por la inmisericorde fuerza de la naturaleza?

No tenía que preguntárselo porque lo sabía.

Recordó otra costa que conocía como la palma de la mano por haberla visto innumerables veces desde el bote en el que remaba de niño por la bahía. Cuando se cansaba o tenía hambre, se dirigía a la playa, sacaba el bote y se encaminaba al viejo edificio que era su casa, la de sus padres, abuelos y bisabuelos.

Villa Xenakis, que se había convertido en el Hotel Xenakis. Sus padres la habían transformado en un pequeño hotel, lleno de antigüedades.

Era un hotel precioso, con encanto y personalidad, para viajeros entendidos que visitaban las islas del Egeo.

Parpadeó y el recuerdo desapareció.

Se le ensombreció el rostro. La naturaleza lo había golpeado con furia cruel, igual que el huracán que había destruido el hotel que había comprado. Pero su precioso santuario no lo había destruido el viento, sino un terremoto, que había hecho temblar los cimientos y había tirado la mitad del tejado, los techos y las paredes, y reducido a escombros la cocina.

Sin embargo, no había sido el terremoto lo que había robado su hogar a sus padres y los había dejado sin nada. No habían sido los dioses ni la naturaleza, sino un hombre.

Se apartó de la barandilla y se dio la vuelta bruscamente. No quería pensar en eso en aquel momento. Se había vengado y aquel hombre había desaparecido. Lo había destruido su mano vengadora.

—¿Luke?

Talia se dirigió a él con voz insegura, al tiempo que le ponía la mano en el brazo. Él la miró, pero no vio su rostro, sino el de su padre.

Sus ojos se oscurecieron, pero se esforzó en serenarse.

«No es culpa de ella ser su hija. No puedo echárselo en cara».

No iba a dejar que aquello lo inquietase. Sobre todo, después de haberla hecho suya, por fin.

La miró. No era solo su belleza lo que lo atraía, sino también muchas otras cosas. Intentó analizarlo, sin conseguirlo, pero le daba igual. Lo único que sabía era que estando con ella no se aburría ni se inquietaba, que la conversación fluía entre ellos, con independencia del tema, de forma fácil y espontánea, como había sucedido la noche en que se conocieron.

Disfrutaba de aquel tiempo relajado con ella. Le encantaba simplemente mirarla, oír su voz, estar con ella.

Era una verdad que ahora aceptaba. Y lo único que deseaba era celebrarla.

Había recorrido un largo camino hasta llegar donde se hallaba. Había vengado a sus padres, destruido a su enemigo e, incluso, iba a salvar un hotel devastado, como tributo al orgullo y la alegría perdidos de sus padres, al legado que no había podido heredar.

Y ahora estaba listo para disfrutar con Talia.

Inclinó la copa hacia la de ella y la miró cálidamente a los ojos.

–Por nosotros. Por el tiempo que pasemos juntos.

Y la vida le pareció muy dulce.

Talia estaba trabajando. Se hallaba en la terraza de su habitación. Ya no dormía allí, porque ahora lo hacía en la cama de Luke. Él la había dejado sola para que trabajara, y estaba contenta.

Era evidente que, aunque no lo había vuelto a mencionar, la juzgaba por el trabajo realizado para su padre, lo cual la hacía estar deseosa de mostrarle que podía hacerlo mejor.

Se hallaba desbordante de creatividad, inspirada por las majestuosas ruinas del hotel. Le devolvería la vida y demostraría a Luke lo hermoso que podía ser, en armonía con la naturaleza y con su situación entre el bosque tropical y el mar.

Luke no estaba en la villa. Se había ido a reunir con arquitectos, ingenieros, directores de proyectos…, con todo el personal técnico necesario para restaurar el edificio. Solo cuando la estructura estuviera lista, ella podría hacer realidad sus ideas.

Cuando acabara los bocetos, quería ir a la capital de la isla a ver qué diseños y telas podía hallar que siguieran la tradición de la isla, su gente y su cultura.

Ya había consultado a Fernando y su esposa, que le habían dado algunas pistas. En una comunidad tan pequeña como aquella, había un gran potencial oculto en la tradición local.

Su entusiasmo aumentó. Se detuvo unos instantes a contemplar la vista. ¡Qué hermosa era! El mundo entero era hermoso, su mundo lo era. Su existencia era dichosa.

A causa de Luke.

Él le había iluminado la vida y encendido una llama en el corazón que no podía ni quería apagar. Repitió su nombre mentalmente.

«Me he enamorado de él».

Contuvo el aliento al darse cuenta. La verdad de lo que sentía por él vibró en su cabeza tan gloriosamente como su nombre. Se emocionó. ¡Por supuesto que estaba enamorada! ¿Cómo no iba a estarlo, si cada una de sus caricias la emocionaba? Su expresión se volvió tierna al recordar.

Los conflictos entre ellos se habían acabado. Era como si no hubieran existido. Era un hombre maravilloso que la hacía sonreír y reír, y cuando la tomaba en sus brazos y la estrechaba con tanta fuerza que oía los latidos de su corazón, se sentía libre.

«Claro que estoy enamorada de él».

Se volvió a emocionar y un nuevo sentimiento nació en ella.

La esperanza.

La esperanza de que, si ella estaba enamorada, tal vez él la correspondiera.

Era indudable que su pasión y su ardor indicaban claramente lo mucho que sentía por ella, no solo en la cama, sino en todo momento.

La forma de mirarla, tomarla de la mano, rodearla con el brazo, sonreírle, reírse con ella... Parecía que no podía saciarse de ella. ¿Sentiría lo mismo que ella?

Volvió a contener la respiración, antes de lanzar un suspiro de esperanza y felicidad mientras musitaba su nombre.

En un estado de casi ensoñación, agarró las pinturas, más resuelta que nunca a hacerlo lo mejor que pudiera por Luke.

Dos horas después, una discreta tos a sus espaldas la hizo perder la concentración. Era Fernando, que le llevaba un té, por lo que ella se tomó un descanso mientras el sol se ponía. Después, se iría a preparar para la noche. Iba a salir con Luke, y quería deslumbrarlo.

Julie, la esposa de Fernando, le había arreglado el vestido de noche, despojándolo de todos los elementos que lo recargaban. Su estilo sencillo tenía un impacto sensual que estaba segura que Luke preferiría.

Talia se miró al espejo antes de bajar y contempló su espectacular maquillaje y el cabello cayéndole por los hombros.

Deseaba haberse puesto alguna joya, pero no tenía ninguna. Nunca había tenido, ya que, según los abogados, tanto las joyas de su madre como las de ella eran propiedad de la empresa, pues su padre las había comprado con dinero de la misma y no había pagado impuestos.

Tampoco su padre se las había regalado por afecto, pensó con amargura, sino porque su hija, al igual que su esposa, debían reflejar su éxito en la vida. Eran muestras de su riqueza, no de su amor.

Luke la miró embelesado mientras bajaba. Se acercó a ella y la abrazó.

–Tal vez deberíamos posponer la cena –murmuró con voz ronca, lo cual la excitó. Después, la soltó–. No, quiero disfrutar mirándote toda la noche y retrasar la gratificación. La recompensa vendrá después –los ojos le brillaban de deseo–. Por eso será más dulce.

Le dio la mano y se dirigieron a la limusina.

—¿Dónde vamos? —preguntó Talia.

Él rio.

—Vamos a volver al sitio del que saliste corriendo para ver si, esta noche, lo pasamos mejor.

Ella sonrió. Era evidente que iban a disfrutar mucho más que la desastrosa primera noche.

Y así fue.

Talia estaba tan relajada como tensa había estado la vez anterior. Al sentarse a la mesa, miró a su alrededor de forma ecuánime.

Luke siguió su mirada. Frunció el ceño al recordar que aquella primera noche se había enterado de la completa falta de experiencia de Talia para llevar a cabo lo que tan precipitadamente le había pedido que hiciera en la isla.

Pero ya encontraría la forma de contratar a un interiorista que pudiera realizarlo. Tendría que tener tacto para no herir sus sentimientos. Mientras tanto, si ella lo pasaba bien jugando con los colores y las pinturas, creyendo que hacía algo útil, la dejaría que lo hiciera.

Como había hecho su padre.

Con un padre rico y afectuoso, Talia se habría imaginado que le era útil, a pesar de su incapacidad, como demostraban los horrendos interiores de las propiedades Grantham: de mal gusto y ostentosos, sin una pizca de originalidad ni de estilo.

Desechó con impaciencia semejantes pensamientos. De Talia no le interesaba su talento profesional ni su falta del mismo.

Extendió la mano por encima de la mesa para agarrar la de ella.

—¿Te he dicho lo increíblemente encantadora que

estás esta noche? –preguntó sonriendo–. Ese vestido es espectacular –afirmó fijándose en el generoso escote.

Talia rio.

–Es el mismo que llevaba la primera vez que estuvimos aquí. Julie me lo ha arreglado. Creo que ha mejorado mucho. Si tú también lo crees, todos contentos.

Él frunció el ceño.

–No deberías haberlo hecho. Mañana iremos de compras.

–¿Sí? Quiero empezar a ver qué puedo aprovechar de la isla para la restauración del hotel. Fernando me ha indicado amablemente algunas tiendas en que puedo ver tejidos.

–Si es lo que quieres… –Luke estaba de acuerdo. No haría daño a nadie y la hacía feliz–. Pero primero iremos a por ropa. Hay un centro comercial cerca de aquí, donde seguro que podrás encontrar a los diseñadores habituales.

Ella lo miró, insegura.

–No creo que sea necesario. Tengo un armario lleno de prendas de diseño en la villa de Marbella. No he traído ninguna porque creí que venía a trabajar y que no necesitaría un vestido de noche.

–Pues lo necesitas –afirmó–. Aunque –bajó la voz– te prefiero sin nada.

La llegada del camarero puso fin a la conversación. Esa vez disfrutarían de las delicias de un menú con estrellas Michelin y de la prestigiosa bodega. Esa vez nada les estropearía la velada.

Y nada lo hizo.

En el lujoso entorno del hotel de cinco estrellas, disfrutaron de la comida y luego salieron a la terraza, con vistas a la playa privada del hotel, para tomarse un café y un licor.

Después se levantaron para irse. Luke le pasó el brazo por los hombros y ella se recostó en él. Mientras se dirigían al vestíbulo, Luke se detuvo ante una de las tiendas exclusivas alineadas a lo largo del pasillo.

—¿Quieres echar un vistazo? —sonrió—. Podríamos comenzar tu nuevo guardarropa.

La tienda estaba abierta, a pesar de la hora. En el escaparate había varios vestidos de noche, y todos le habrían sentado de maravilla a Talia. Pero ella negó con la cabeza.

—Ya es tarde —dijo sonriendo.

Entonces vio las joyas. Una de ellas, un colgante de perlas y diamantes, se parecía a una que le había regalado su padre por su cumpleaños, unos años antes.

—¿Te gusta? —preguntó él.

—Se parece a uno que me regaló mi padre —se limitó a decir Talia. No quería pensar en ello.

Su padre solo le regalaba joyas en presencia de su madre, y ella debía mostrar su sorpresa y placer por su generosidad. Su madre siempre comentaba lo generoso y maravilloso que era.

Talia se estremeció al pensar en la hipocresía de su respuesta para que su madre no se molestara. Ella siempre había necesitado creerse la ficción de que eran una familia feliz, de que su matrimonio era feliz. Nunca se había enfrentado a la brutal verdad.

—Creo que eso te sentará mejor.

Ella agradeció que él interrumpiera sus pensamientos y vio que le indicaba una pulsera de rubíes.

—¡Qué bonita! —exclamó ella espontáneamente. Y en verdad lo era, en su sencillo estilo.

Después se fijó en un reloj de hombre, a juzgar por su tamaño y diseño, cubierto de diamantes.

Ella soltó una risita sin poder evitarlo.

—¡Mira, Luke! —lo observó con ojos traviesos—. Reconoce que es mucho menos aburrido que el tuyo.

Ella le tocó el elegante y caro reloj que él siempre llevaba. Recordó que se había fijado en él al conocerlo y que Luke le había dicho que era un regalo que acababa de hacerse.

Se estremeció al percatarse de cuál era el motivo de tan caro regalo.

«Celebraba la adquisición de Grantham Land».

Volvió a estremecerse. A su padre también le gustaba celebrar haber aplastado a un competidor comprándose, normalmente, un coche último modelo de la marca más cara, para demostrarle al mundo su éxito.

—Los diamantes te quedarían mejor a ti que a mí —le apretó el hombro—. Vámonos a casa.

La besó en la boca el tiempo suficiente para comunicarle por qué tenía tantas ganas de volver, pero con la suficiente rapidez para no llamar la atención en un sitio público.

Mientras salían, el volvió la cabeza para mirar las joyas. ¿Así que a ella le gustaba la pulsera de rubíes?

Sonrió mientras caminaba al lado de Talia.

¿Por qué no? Estaba de tan buen humor que podía ser indulgente.

Capítulo 8

ME VOY a llevar una muestra de esta, de esta… y de esta. Y también de esa.

Talia sonrió mientras la dependienta asentía y tomaba las tijeras para cortar las muestras de tela que la clienta había elegido.

Sacó el cuaderno y apuntó el nombre y el color de las telas y añadió el precio por metro. Aquello era el comienzo. Y parecía prometedor.

Conversó con la dependienta sobre anchuras, pesos, hilos y acabados. Estaba en su elemento y le encantaba hallarse en la fase siguiente de la conversión de sus ideas en realidad.

La dependienta estaba entusiasmada. A Talia no le extrañó, dado el valor de lo que le compraría, si Luke estaba de acuerdo con sus propuestas.

«Que le gusten, por favor. Que esté de acuerdo con mi forma de ver el hotel. Quiero que quede precioso y que a él le guste tanto como a mí».

Sabía que debía controlarse en el gasto. Pero estaba acostumbrada a justificar cada libra gastada. Su padre siempre le había proporcionado presupuestos muy escasos y no le consentía que se excediera ni siquiera un penique.

Negó con la cabeza para apartar el desagradable recuerdo. Su trabajo allí era totalmente distinto. Era un trabajo hecho por amor.

Sonrió para sí. Por amor, en efecto. Y no solo por el hecho de devolver la vida al triste hotel, devastado por el huracán.

Sino también por Luke.

Por el hombre al que quería.

Su sonrisa se volvió compungida. Por amor, esa mañana lo había dejado hacer algo que no hubiera debido.

La había llevado al centro comercial que le había mencionado para que eligiera dos vestidos de noche, varios vestidos veraniegos y unos cuantos minibikinis y pareos. Ella había intentado no ver el precio, porque no quería que le comprara prendas tan caras. Pero él había insistido en el placer que le causaría regalárselas.

Así que ella había acallado la conciencia diciéndose que se las pondría para él, no para sí misma, para que sus ojos se iluminaran de sensual deseo.

Se estremeció al recordar cómo hacía él que se sintiera y reaccionara. Era como flotar en una nube de felicidad. Y estaba sucediendo de verdad.

Salió de la tienda y miró la hora. Luke la había dejado sola después de la comida porque tenía otra reunión con arquitectos y funcionarios de urbanismo. Pero habían quedado en tomar algo en un bar de moda del puerto deportivo para ver la puesta de sol. Aceleró el paso, porque todavía tenía que ver más cosas.

Buscaba muebles, marcos de ventana, ropa de cama, vajillas… Todo ello la mantuvo ocupada y, cuando llegó al bar, al final de la tarde, Luke ya se hallaba en la terraza al aire libre. Parecía maravillosamente relajado, con las piernas extendidas y una margarita en la mano. Llevaba unas carísimas gafas de sol. A ella le flaquearon las piernas.

—¿Te has divertido?

—¡Mucho!

Talia rio, se sentó y pidió un cóctel de ron y fruta al camarero que inmediatamente se le había acercado.

—¿Quieres ver las muestras de tela que estoy pensando utilizar?

Luke movió el vaso a modo de negación.

—Ahora no.

No quería parecer desdeñoso. Era evidente que ella se lo había pasado muy bien eligiendo telas y colores, pero él no quería perder el tiempo en algo completamente amateur ni soportaría que su encaprichamiento de ella disminuyera, si sacaba sus telas de mal gusto.

Sería incapaz de mentirle, sonreír y fingir que había llevado a cabo un buen trabajo. Era evidente que, al diseñar algo como lo que había hecho en las propiedades de su padre, carecía de vista para los colores, los estilos y las formas.

Al final, tendría que contratar a un interiorista profesional. Sin embargo, no quería herir los sentimientos de Talia, así que suavizó su rechazo riendo.

—A cambio, te prometo no contarte lo irritantes que me resultan los funcionarios de urbanismo. Pero, de ahora en adelante, lo dejaré todo en manos del director de proyecto que he nombrado. Además…

Se interrumpió bruscamente. Había estado a punto de decir que no pasaría mucho más tiempo en la isla. Comprar el hotel había sido fruto de un impulso que respondía a un deseo profundo. Pero su vida laboral transcurría en los centros financieros mundiales. Allí había conseguido la fortuna necesaria para forjar el arma que había destruido a su enemigo.

Había aniquilado a Grantham, y todo lo que poseía era ahora suyo.

Miró a Talia que, a su lado, daba un sorbo del cóctel que le habían servido.

«Todo lo que tenía es mío. Incluso su hija».

Hubiera dado lo que fuera porque Talia no fuera hija de Gerald Grantham, pero no podía culparla de algo que era inevitable.

Se fijó en que llevaba un vestido de verano de los que le había comprado esa mañana. Había sido carísimo, aunque ella no había mirado el precio. Claro que a la hija de Gerald Grantham no le importaba el precio de las cosas.

Tampoco iba a culparla por eso. Era a lo que estaba acostumbrada, lo que había hecho toda la vida.

«Pero ya no podrá seguir haciéndolo».

A no ser, desde luego, que otro hombre la mantuviera.

«Es lo que quiere, lo que espera. Y si deseo que esté conmigo, debo aceptarlo».

Se llevó el vaso a los labios y dio un sorbo. Lo que había entre ellos justificaba que lo hiciera. Debía aceptarla como era, como lo había hecho al enterarse de quién era hija.

Instintivamente, la tomó de la mano. Ella apretó la suya y le sonrió con afecto. La mirada de él se suavizó automáticamente. Esa noche le daría a conocer sus sentimientos.

Y ya sabía cómo respondería ella.

«No volverá a dejarme. Nunca».

Entrelazó los dedos con los de ella, con la certeza de que poseía a la mujer más irresistible del mundo. A una muy especial.

«Y esta noche le demostraré lo especial que es y lo que significa para mí».

Pensarlo hizo que se sintiera bien.

Luke deslizó lentamente las puntas de los dedos entre los senos de Talia. Siguió hacia abajo por su suave cuerpo hasta introducirse entre sus muslos.

Ella lanzó un gemido de placer y él inclinó la cabeza para adorar con la boca cada uno de los pezones, mientras ella seguía gimiendo.

Estaba totalmente excitado y más que listo para poseerla. Se situó encima de ella sin apresurarse.

Más tarde, cuando hubo disminuido la velocidad de los latidos de sus corazones y la respiración de ambos se hubo vuelto regular, permanecieron abrazados. Por encima de ellos, el ventilador del techo giraba lentamente refrescando el ambiente, aunque no lo suficiente para que él agarrara la colcha, que había caído al suelo.

—¿Te das cuenta —murmuró él— de que llevamos casi dos semanas en la isla?

Le pareció que ella se ponía tensa, lo cual lo alegró, porque le daba un motivo para continuar. No podía ni quería perderla.

La besó suavemente en la frente y sonrió.

—Aunque me resulta muy tentador, no puedo seguir aquí, comiendo langosta, eternamente. Ya he dejado la restauración del hotel en manos de los expertos que he contratado, por lo que debo retomar mi vida normal.

Respiró hondo.

—¿Qué te parece venir a Hong Kong conmigo y luego a Shanghái? Tengo varios asuntos de negocios que resolver, pero después podríamos bajar a los Mares del Sur y recorrer sus islas.

Volvió a respirar hondo, antes de decirle lo que le llevaba días deseando decirle.

—Te quiero conmigo, Talia, dondequiera que vaya. ¿Vendrás conmigo? ¿Te quedarás conmigo?

Se apoyó en un codo y la miró esperando una respuesta.

Ella lanzó un grito y lo abrazó.

—¡Sí, Luke! ¡Sí! ¡Claro que sí!

Su voz llena de alegría hizo que, por primera vez, Luke tuviera una sensación de plenitud.

Talia flotaba de felicidad. Había cosas que debía resolver, antes de despegar hacia su paraíso personal con Luke. Pero, ahora, no sentía aprensión por hablarle de su pobre madre, cuyo futuro debía asegurar. Él, sin duda, lo comprendería y dejaría que se quedara en la villa de Marbella, cuando le explicara lo mal que estaba de salud.

Lo llevaría a conocerla cuando volvieran del viaje. Su madre estaría encantada al ver que su hija había encontrado el amor y la felicidad.

«¡Es el final feliz que siempre he deseado!».

Siguió flotando en una nube todo el día, a pesar de que apenas vio a Luke, que se había encerrado en el despacho a trabajar. Él le había dicho que lo celebrarían por la noche y que pidiera a Julie y a Fernando que prepararan una gran cena.

A Talia no le importó que Luke estuviera trabajando, porque ella también lo estaba haciendo. Con las muestras adquiridas el día anterior en la isla, se instaló en la terraza para repasar los bocetos mientras tarareaba alegremente.

Estuvo ocupada todo el día buscando lo que necesitaba en Internet, hasta elaborar una lista, cuyos elementos fotografió y cuyo coste añadió a los anteriores.

Se bañaron en la piscina mientras se ponía él sol. Ella salió antes del agua para subir a prepararse para la cena.

Bajó dos horas después. Y seguía flotando.

Se había vestido con excepcional cuidado, y sabía que más hermosa no podía estar.

Julie, que salía de la cocina, aplaudió al verla, y Fernando sonrió mientras la acompañaba a la terraza, donde la esperaba Luke.

El tardó unos segundos en hablar. Se acercó y la tomó de las manos.

—¿Cómo eres tan hermosa? —musitó.

A ella se le iluminó el rostro, los ojos y la sonrisa.

Se había puesto otro de los vestidos que le había comprado el día anterior. Era de seda azul y se le ajustaba a los senos casi como la parte superior de un bikini sin tirantes, para después caerle en elegantes pliegues hasta los tobillos.

Él iba de esmoquin, pero había colgado la chaqueta en una silla, debido a la calidez de la noche.

Estaba elegante y guapísimo.

La tomó de la mano para conducirla a la mesa, que Julie había puesto adornándola con flores y velas. Al lado de la mesa había una botella de champán, ya abierta, en una cubitera con hielo.

Luka la sacó y llenó las copas.

—Por nosotros.

Más tarde, Talia apoyó la mejilla en el pecho desnudo de Luke. Los latidos del corazón y la respiración se le iban calmando. Pero su cuerpo aún estaba sofocado por el éxtasis físico.

«¿Cómo puede ser tan increíble? ¡Cada vez!».

Seguía maravillándose ante lo que Luke era capaz de despertar en ella: una explosión no solo de intenso placer, sino también de alegría.

Su alma se elevaba, extasiada.

«Lo quiero mucho. ¿Cómo puedo quererlo tanto?».

No lo sabía, pero entregarse a él con todo lo que poseía, con todo lo que era, le había transformado la vida por completo.

¿La quería?

Se había hecho la pregunta, pero aceptaba que aún no podía tener respuesta.

Tal vez la quisiera y no se había dado cuenta de ello. O tal vez se estaba enamorando de ella y acabaría percatándose.

Pero estaba segura de que, al final, la querría. Los hombres tardaban más que las mujeres en reconocer las emociones y las expresaban con hechos, no con palabras. Y con todo lo que Luke hacía, le demostraba el valor que tenía para él. Al fin y al cabo, le había pedido que viajara con él, que se quedara con él.

Suspiró de felicidad. ¡Qué guapo era! Era imposible no sentirse dichosa, inmensamente feliz. Luke y ella estaban juntos e iban a construir una vida en común.

«Nada podrá separarnos. Nada».

Esa certeza la invadió mientras estaba acurrucada en sus brazos, llena de un amor y una felicidad absolutos.

Suspiró de nuevo de pura dicha y notó que él estiraba el brazo y abría el cajón de la mesilla de noche.

Abrió los ojos al sentir que cambiaba de postura y se recostaba en la almohada.

—Tengo una cosa para ti —dijo él sonriéndole y mirándola cálidamente. Alzó la caja que había tomado del cajón y la abrió.

Talia ahogó un grito, sin poderlo evitar. La pulsera de rubíes brillaba en ella.

—Para ti —dijo Luke—. Te la habría dado durante la cena, pero no hacía juego con el vestido azul. Pero ahora… —bajó la cabeza para besarle el hombro—…te quedará perfecta. Como tú eres.

Sacó la pulsera y se la puso en la fina muñeca.

—Te queda estupendamente —volvió a sonreír—. Pedí que me la trajeran esta tarde. Es la que te gustó tanto en el hotel. Es para ti.

La besó en la boca para sellar el regalo. Después volvió a atraerla hacia sí. La mano de ella estaba apoyada en el pecho, y en ella brillaban las piedras preciosas de la pulsera.

Luke sabía que la pulsera le había costado excesivamente cara, por haberla adquirido en el hotel, donde sabían que un hombre compraba dejándose guiar por un impulso cuando estaba de vacaciones con una mujer a la que deseaba.

No le había importado que el precio estuviera inflado, ya que su intención era regalarle a la mujer que iba a llevarse con él adonde fuera algo que deseaba, para demostrarle que quería regalarle lo que deseara.

Esperaba que ella estuviera encantada, pero no fue así.

—¿Por qué me la regalas?

Había una nota de incomprensión en su voz, de

duda. Volvió a besarla. Solo deseaba demostrarle la alegría que sentía al regalarle algo que le probara lo valiosa que era para él.

—Para que estés guapa para mí —afirmó en tono ligero.

Después, sabiendo que había llegado el momento de decirle algo más, le puso la mano en el rostro y habló con seriedad. Debía decirle lo que tenía que saber, si iban a seguir juntos.

—Talia, sé lo difícil que ha sido todo para ti desde que tu mundo se vino abajo. Perder a tu padre… Creo que ambos sabemos que no volverá. Y aunque lo hiciera estaría sin un céntimo, por lo que no te serviría de nada. Pero aparezca o no, nada podrá eliminar lo traumática que ha sido la situación para ti. Y lo entiendo.

Respiró hondo. Si iban a vivir juntos, debían enfrentarse a las verdades no expresadas que había entre ambos, para poder seguir adelante.

—De la noche a la mañana, has pasado de la riqueza a la pobreza. Eres hija de un hombre acaudalado, que te adoraba y te mimaba. Comprendo que la vida a la que te has visto reducida sea inimaginable para ti y muy difícil de aceptar. Quiero que sepas que no te culpo por ello. No eres responsable de tu educación ni de dar por sentada la forma de vida que te permitía la riqueza de tu padre. No puedes evitar ser como eres, la hija de un hombre rico que le daba todo lo que deseaba, una vida de lujo. No es de extrañar que no entiendas lo duro y brutal que puede ser el mundo.

Su expresión cambió.

—El día que fuiste a mi despacho de Lucerna esperando que te diera lo que deseabas, me porté mal contigo. No fui indulgente, pero ahora lo soy. Y, del mismo modo que era injusto que esperara que hicieras el trabajo de una secretaria, también lo era que esperara que te encargaras de una tarea tan importante como la restauración de un hotel.

Elegía las palabras con cuidado, ya que no quería herir sus sentimientos.

—Soy consciente de que tu padre te dejaba pasártelo bien poniendo en práctica tus ideas de diseño, pero no me gustaría que te siguieras dedicando a tus telas y pinturas, por muy entusiasta que te sientas con respecto a ellas.

Le sonrió con afecto.

—El hotel es un proyecto importante, en el que habrá que llevar a cabo un inmenso trabajo. Voy a contratar a una empresa profesional para que se ocupe de realizarlo.

Volvió a sonreír intentando hablar con tacto.

—No hace falta que te vuelvas a preocupar de ello. Además, ya no vas a tener tiempo de hacerlo, si estás conmigo. Prefiero que me dediques todo tu tiempo y energía —dijo en tono humorístico, para no molestarla.

Después continuó en tono más serio, tras haberle explicado con toda la delicadeza posible por qué no debía seguir trabajando para él. Aquel era el mensaje clave que ella tenía que asimilar, el mensaje que la tranquilizaría y que le aseguraría, a él, que no volvería a dejarlo.

Ahora le explicaría que él le proporcionaría todo lo que pudiera necesitar o soñar.

Le acarició el cabello y la miró a los ojos.

—Porque, de ahora en adelante, no tendrás que enfrentarte al mundo sola —la besó tiernamente en los labios—. De ahora en adelante me tendrás a mí para cuidarte, para ocuparme de ti– dio unos suaves golpecitos en la pulsera–. Esto es una prueba de lo mucho que te deseo y de lo mucho que quiero ocuparme de ti. Puedes confiar en mí, Talia. Es lo que deseaba que supieras.

Le acarició el contorno de los labios, mientras ella lo miraba. No supo interpretar la expresión de sus ojos, pero no lo preocupó. Ella habría hallado en sus palabras la seguridad que él deseaba que sintiera, que estaría a salvo comprometiéndose con él.

–No tendrás que volver a dejarme. Sé que lo hiciste la primera noche porque tenías miedo de arriesgarte a irte conmigo y quedar decepcionada. No me conocías, no sabías nada de mí, así que volviste a la seguridad de tu vida.

Su expresión cambió.

–Por aquel entonces me enfadó que me hubieras abandonado, rechazado. Pero, desde entonces, desde que estamos juntos, lo he aceptado. Y ahora que tu antigua vida ha desaparecido, que la has dejado atrás, reconozco… –se interrumpió y al volver a hablar lo hizo en tono compungido y precavido–. Admito que lo que hice destruyó tu vida anterior. ¿Aceptarías la pulsera como compensación?, ¿como la promesa de que, de ahora en adelante, te cuidaré?

Volvió a acariciar la brillante alhaja.

–Los rubíes son hermosos, pero otras piedras preciosas también te sentarían bien –se recostó en la almohada y la agarró del hombro con afecto–. Hong Kong es famosa por sus joyas. ¿Y qué te parece un collar de perlas cuando vayamos a los Mares del Sur? ¿Te gustaría? ¡Extraídas de las ostras que eligieras!

Talia lo miraba con expresión extraña. Su voz también sonó así cuando habló.

–Las ostras se mueren cuando les sacas las perlas para hacer un collar.

Él rio. Era raro que dijera eso, pero sabía qué contestarle.

–En la vida, todo tiene un precio. Es inevitable.

–Tienes razón –dijo ella en voz baja. Levantó la mano en la que llevaba la pulsera y la miró.

–¿Te gusta? –preguntó Luke. Sabía que era así, pero quería oírselo decir.

–Es muy hermosa. Exquisita –contestó ella en tono neutro.

–Y así eres tú, Talia, hermosa y exquisita.

Notó que el deseo comenzaba a apoderarse de él. Empezó a besarla en la boca y le puso la mano libre en un seno, moldeándolo con la palma hasta que se le endureció el pezón.

Ella gimió suavemente, un sonido que a él le resultaba tan familiar que aumentó su excitación. Se colocó encima de ella. Se perdería en ella, que ya no lo asustaba. Deseaba perderse en ella, en aquella hermosa mujer. Aunque fuera hija de su enemigo, eso formaba parte del pasado.

Una oleada de pasión lo invadió al notar el roce de los rubíes en el hombro, cuando ella alzó la mano para rodearle el cuello. Se rendía a la pasión que la dominaba, igual que a él. Le introdujo los dedos en el cabello y lo besó más profundamente.

El último pensamiento consciente de Luke fue: «Nunca me dejará. Nunca».

Estaba exultante por su triunfo y tenía la certeza absoluta de que ella no lo abandonaría.

Sin embargo, cuando se despertó al alba, ella se había ido.

Capítulo 9

TALIA se bajó del taxi que había tomado en la estación de tren. El viaje de vuelta a Marbella había sido largo y difícil. Había comenzado al salir ella sigilosamente de la villa en la isla, tomar un autobús a la capital y otro al aeropuerto.

No quiso gastarse sus escasos fondos en taxis y, por la misma razón, compró el vuelo más barato que encontró, lo que implicaba varias escalas y cambios de avión en distintos aeropuertos, antes de aterrizar en Málaga y, de ahí, tomar un tren hacia Marbella.

Estaba agotada y sentía una desolación como nunca había experimentado. Creyó haberla sentido la mañana después de la fiesta, cuando se había visto obligada a dejar al hombre que la había maravillado.

Sin embargo, aquella no era una desolación como la de ahora.

María la saludó calurosamente. Talia se obligó a sonreír. Salió a la terraza y halló a su madre sentada a la sombra, con un aspecto mil veces más saludable que la última vez que la había visto.

–Tienes mucho mejor aspecto –dijo, muy aliviada, al saludar a su madre.

Era el único sentimiento positivo que había experimentado desde que…

Apartó ese pensamiento de su mente. No quería

seguir dándole vueltas a lo que había pensado durante todo el viaje. Debía ocultarle la verdad a su madre; ocultarle a lo que había estado a punto de verse reducida. Había tenido que recurrir a toda su fuerza de voluntad para rechazar las promesas de Luke, y no soportaba pensar en ello.

—Agradéceselo a María —su madre sonrió mientras señalaba a la española, que seguía sonriendo.

—Me he asegurado de que comiera —afirmó María.

—Estoy segura de que he engordado varios kilos —dijo Maxine, como si eso fuera un delito. Si su padre hubiera estado allí, para ella lo habría sido, aunque solo fuera medio kilo.

«¿Crees que quiero tener una esposa gorda?», le solía preguntar con desprecio, en cuanto le parecía que Maxine dejaba de estar delgada como un palo.

Y ella hacía lo que fuera, con tal de contentar a su esposo, incluyendo tomar pastillas para adelgazar, que habían acabado por debilitarle el corazón.

«¿Y qué hubiera hecho yo por agradar al hombre al que adoraba, hasta que la venda se me ha caído de los ojos?».

—Pues pareces mucho más saludable —afirmó con una sonrisa radiante.

No consentiría que su madre pensara en su controlador esposo. Volvió a repetirle lo bien que la encontraba y agradeció a María sus cuidados.

Esta se fue a preparar la cena. Talia se sentó al lado de su madre a disfrutar del último sol de la tarde.

—¡Estoy muy contenta de que hayas vuelto, cariño! María es un ángel, pero te he echado de menos. Cuéntame cómo te ha ido —dijo con los ojos brillantes.

Talia se armó de valor. Sabía que su madre le haría

preguntas. Como era lo menos peligroso, se lanzó a describirle la isla, pero la invadieron el dolor y la amargura.

Durante el viaje de vuelta no había dejado de oír las palabras de Luke, que habían destruido sus estúpidas ilusiones y que le habían demostrado, de forma inequívoca y brutal, lo que verdaderamente pensaba de ella, por debajo de las sonrisas y los besos.

La había reducido a un ser humano abyecto y despreciable. Creía que era una muñeca mimada, inútil y sin valía, alguien sin talento que se divertía fingiendo ser interiorista y que pensaba que el mundo le debía una vida de lujo.

El hombre al que quería la consideraba una princesa mimada a la que había que proteger de las vicisitudes de la vida porque era incapaz de hacerles frente; una mascota a la que había que regalar pulseras y chucherías para hacerla feliz y que se sintiera valorada y protegida.

No podía seguir pensando en ello ni enfrentarse a lo que Luke creía verdaderamente de ella.

Se mordió los labios para transformar el dolor emocional en físico.

Su madre le apretó el brazo.

—¿Qué te pasa, cariño? No te preocupes si, al final, no consigues es trabajo. Sería estupendo que lo hicieras, pero, en cuanto tu padre vuelva, no tendremos que preocuparnos de esas cosas. Volverá a cuidar de nosotras.

Talia se puso muy tensa.

—¡Basta, mamá! —exclamó con enfado y dureza.

Su madre pareció sorprendida y dolida, y Talia intentó suavizar la situación.

La mortificaba que su madre siguiera hablando de algo imposible, que siguiera creyendo en ello. Pero, además, las palabras de su madre eran un eco de la promesa de Luke.

«Luke dijo que me cuidaría».

No debía seguirse repitiendo mentalmente esas palabras. Debía olvidarse de él por completo.

Trató de hallar la forma de contestar a su madre.

—No va a volver, mamá. No debes pensar que lo hará. Tienes que aceptar la verdad.

La expresión de su madre no se alteró.

—No, cariño, no debemos darnos por vencidas ni abandonar la esperanza. Él está solucionando las cosas. Se ha marchado para hacerlo. Ya verás como regresa pronto y todo volverá a la normalidad. Nos devolverán nuestra hermosa casa al lado del río y…

Algo saltó en el interior de Talia y no pudo contenerse. El penoso viaje la había dejado agotada, pero infinitamente peor era la desesperación que sentía y que le resultaba muy difícil de controlar. Y, en aquel momento, no pudo seguir controlándose y saltó como una goma que hubieran estirado al máximo.

Se levantó bruscamente.

—¡Basta, mamá! ¡Basta! Papá no va a volver. Nos ha abandonado a nuestra suerte. No tenemos ni dinero, ni propiedades… nada. Todo ha desaparecido, esta villa incluida.

—No digas eso, por favor. No lo soporto.

El rostro de su madre se había contraído en una mueca de dolor, y Talia se maldijo por haber perdido los estribos.

—Me dijiste que lo habías solucionado, que la villa es nuestra.

Talia cerró los ojos, cansada y abatida.

—Solo tres meses, mamá. El tiempo de buscar otro sitio para vivir y de que recuperes la fuerza suficiente para enfrentarte a lo que papá ha hecho.

Su madre gimió.

—Debemos estar agradecidas por podernos quedar ese tiempo. Fue el acuerdo al que llegué: haría los bocetos iniciales en el Caribe a cambio de tres meses más aquí, para que te recuperaras. Fue el trato que hice con Luke Xenakis, el hombre que ahora es dueño de todo lo que queda de Grantham Land.

La expresión de su madre cambió.

—¿Has trabajado para ese hombre?, ¿para esa persona horrible que ha robado la empresa a tu padre? —preguntó, horrorizada.

Talia lanzó un profundo suspiro.

—No se la ha robado, mamá. Simplemente se ha hecho cargo de ella.

—¡Ha arruinado a tu padre! —contraatacó Maxine.

—No, mamá, se arruinó él solo al pedir más y más prestamos que no pudo devolver. Luke Xenakis se ha limitado a comprar lo que quedaba. Y por eso ahora es el dueño de todo lo que pertenecía a la empresa de papá.

—Me da igual lo que digas: ese hombre ha arruinado a tu padre. ¿Cómo has podido trabajar para él?

—Ya te lo he dicho. Era la única manera de que nos permitiera continuar en la villa hasta que te recuperaras.

—¡No lo soporto! —gimió Maxine estrujándose las manos—. ¡Estar en deuda con ese hombre horrible! Espero que le hayas dicho lo que piensas sobre lo que nos ha hecho.

Talia se frotó la frente. No, no le había dicho lo que pensaba.

«Le he dado todo voluntariamente, mi cuerpo y mi alma. Me hubiera ido con él a cualquier sitio, habría hecho por él cualquier cosa».

Pensó con amargura que se había inventado una fantasía en la que él correspondía a su amor, la respetaba y creía en ella.

«Le he entregado mi estúpido corazón, cuando lo único que él quería era tenerme en su cama».

Sin poder evitarlo, soltó un sollozo desesperado.

–¡Cariño! –la voz de su madre había cambiado–. ¿Qué te pasa? ¿Es a causa de ese canalla? ¿Qué te ha hecho? Dímelo.

Talia, consternada y mortificada, rompió en sollozos incontrolables y le contó a su madre que Luke Xenakis le había partido el corazón.

Luke estaba en la terraza de su habitación mientras le hacían el equipaje. La furia y la ira se habían apoderado de él, borrando todo lo que había a su alrededor.

Ella había vuelto a abandonarlo. Se había marchado sin decirle una sola palabra. Esa vez, ni siquiera le había dejado una nota.

Pero no la necesitaba para adivinar la terrible verdad: ella no quería estar con él. Lo había rechazado y lo había vuelto a abandonar.

Contrajo el rostro al tiempo que cerraba los puños.

«He hecho todo lo que he podido para hacerla feliz. ¡Todo!».

Y esa vez sabía quién y qué era ella. La primera

vez, después de la fiesta, no podía haberse imaginado que fuera hija de Grantham, la hija mimada y consentida de su enemigo jurado. La segunda vez ya sabía que debía darle lo que ella deseaba para que se quedara.

A pesar de ello, lo había abandonado y rechazado de nuevo.

Su dolor era mucho más intenso que la vez anterior.

«Cómo ha podido abandonarme, después de todas las noches que hemos ardido uno en brazos del otro?, ¿después de todos los días de libertad que hemos vivido, de la compañía que nos hemos hecho?

A ella no le importaba nada de todo aquello.

La amargura le corría por las venas como si fuera ácido, consumiéndolo por dentro hasta dejar solo una cáscara vacía, sostenida por el dolor.

Dio la espalda a la vista, que no veía a causa de su agitación. No soportaba contemplar la piscina donde se habían divertido, la terraza donde se sentaban y cenaban a la luz de las velas, que se reflejaba en el cabello de ella…

Entró a la habitación. Quería marcharse lo antes posible.

–¿Has acabado ya? –preguntó a Fernando.

Estaba impaciente, desesperado por llegar al aeropuerto. Tenía que ir a Hong Kong, y posiblemente a Shanghái, por negocios que le reportarían grandes beneficios. Porque eso era lo que hacía en la vida: ganar dinero. Y se le daba bien.

Se sintió vacío. Había conseguido su objetivo: arruinar a Grantham. Y después, ¿qué? ¿Qué iba a hacer con su vida? ¿Qué meta lo guiaría ahora?

«Creía haber encontrado lo que haría el resto de mi vida. Pero ella me ha dejado».

Fernando acababa de cerrar la maleta.

—¿Qué hay que hacer con la pulsera que la señorita Talia ha dejado en la habitación?

Luke se sobresaltó.

—¿Qué pulsera?

—Creo que la que trajeron ayer.

—¿La de rubíes?

Fernando asintió.

Luke frunció el ceño.

—¿Y la ha dejado?

Fernando volvió a asentir.

La expresión del rostro de Luke se endureció.

—Mándasela.

Salió de la habitación y bajó las escaleras. No sabía por qué la había dejado. ¿Para demostrar algo? ¿El qué? ¿Por qué estaba enfadada con él?

«Puede que no fuera lo bastante valiosa».

Un coche lo esperaba para llevarlo al aeropuerto, para llevarlo a cualquier parte del mundo que no fuera aquella isla, donde, durante un corto espacio de tiempo, creyó haber hallado la felicidad.

¡Qué estúpido había sido!

Nunca más.

Talia anduvo alrededor de la villa una última vez. Ya estaba vacía de todas sus pertenencias. Había vendido todos los objetos de valor para obtener algo de dinero. Lo único que ella y su madre se iban a llevar era lo básico para cubrir sus necesidades.

Talia seguía sin poder creerse lo sucedido desde

que se había abrazado a su madre sollozando. Cuando se hubo tranquilizado, después de habérselo contado todo, Maxine se había quedado callada. Al borde del agotamiento emocional, físico y mental, Talia pensó que su madre volvería a derrumbarse.

Pero había ocurrido lo contrario.

Maxine le había dado unas palmaditas en el hombro y se había levantado.

«Nos iremos en cuanto podamos», dijo. «No quiero seguir ni un minuto más en un sitio que pertenece a un hombre que ha partido el corazón a mi hija. Nadie le hace eso a mi hija. ¡Nadie!».

Después se fue a hablar con María y volvió, con aire resuelto, para decirle que esta había hallado una solución maravillosa.

«Su hermano regenta un café, no en Marbella, sino en la costa, en uno de esos sitios turísticos. Necesita alguien que se haga cargo de él, ya que acaba de abrir otro el mes pasado. Y tiene un piso encima. Nos trasladaremos en cuanto podamos».

Talia la había mirado con incredulidad. Aquella no era la madre que conocía, frágil, nerviosa y totalmente dependiente de su esposo y su hija.

Le preguntó si estaba segura de poder soportar aquella nueva forma de vida.

«Sí, ya es hora de que me enfrente a la verdad».

Talia seguía sin creerse cómo había cambiado su madre, pero le estaba enormemente agradecida, al igual que a María. El trabajo sería duro, pero, en aquel momento, debía aferrarse a todo lo que la impidiera pensar en lo que no debía.

Cansarse hasta el agotamiento trabajando en un café, sirviendo las mesas, limpiando, haciéndolo todo salvo cocinar, de lo que se encargaría el sobrino de María, no le dejaría tiempo para pensar en Luke.

Luke abrió la maleta para sacar una camiseta limpia para dormir. Se hallaba en uno de los más lujosos hoteles de Hong Kong, una ciudad con millones de habitantes. Sin embargo, nunca se había sentido tan solo.

Se sentía completamente vacío.

Estar solo se había convertido para él en una forma de vida. Se había pasado diez años dedicado a ganar dinero para acabar con su enemigo. No había tenido tiempo ni ganas de entablar relaciones. Sus asuntos sentimentales, por llamarlos de alguna manera, habían sido fugaces, con desconocidas que desaparecían inmediatamente, porque no había nada que las uniera a él. Porque, ¿qué mujer querría estar con un hombre motivado solo por conseguir lo que había prometido a sus padres que haría en su nombre?

Todo aquello había acabado. Por fin era libre para buscar a una mujer con la que compartir la vida.

«¡Y la había encontrado! Y quería ofrecerle todo lo que creía que la haría desear estar conmigo…».

Tuvo ganas de gritar, pero se contuvo. No tenía sentido, como tampoco lo tenía contemplar aquella habitación de hotel mientras deseaba que estuviera allí la persona que la convertiría en un lugar maravilloso.

Pero se obligaría a dejar de desearla. Al fin y al cabo, no era precisamente la mujer de sus sueños.

Sabía que su cerebro pretendía aliviar el dolor buscando defectos en Talia, pero se obligó a hacerlo, a pensar en quién era su padre y en lo que se había convertido a causa de él.

«¿De verdad quieres estar con una mujer así? ¿Una flor de invernadero incapaz de sobrevivir sin un hombre que le ofrezca una vida regalada y la cuide? ¿Una mujer que lo único que ha hecho en su vida ha sido jugar, que nunca ha trabajado ni ha ganado un sueldo ni ha asumido responsabilidad alguna? ¿Una mujer que ha vivido del dinero de su padre y que se derrumba y aterroriza cuando tiene que enfrentarse a la pérdida de su lujoso estilo de vida?».

No se atrevió a contestar a las preguntas que le bullían en la cabeza.

Lo único que quería en aquel momento era ducharse, afeitarse y beber hasta olvidar. El alcohol y el sueño silenciarían sus pensamientos.

Frunció el ceño. ¿Qué demonios…?

Encima de la ropa había una gran carpeta de dibujo. La miró con enfado. ¿Por qué la habían metido en la maleta? Lo único que le faltaba era ver los garabatos que había dibujado Talia.

Sacó la carpeta y la lanzó sobre el escritorio, pero cayó al suelo y su contenido se desparramó. Maldijo en voz baja y se agachó a recoger los papeles que, por suerte, habían caído boca abajo. Todos menos uno.

Se incorporó y lo miró con el ceño fruncido.

Se quedó en estado de shock.

Aquello no era un garabato ni se parecía remotamente a los interiores que había visto en las propiedades de Grantham Land.

Era muy bueno. El amplio vestíbulo del hotel tenía el aspecto previo al huracán.

El azul cobalto de las baldosas del suelo y el verde esmeralda de las paredes constituían un enorme fresco que introducía el bosque tropical en el interior del hotel. El gran arco que formaba la salida a la terraza enmarcaba los jardines, con el mar al fondo, tan azul como el de las baldosas, mezclando el interior con el exterior, convirtiéndolo en un todo.

Y, mentalmente, se convirtió de forma instantánea en algo real para él: lo veía, lo sentía. Sentía lo que un huésped recién llegado experimentaría al entrar en el hotel. Se detendría en seco.

Era indudable que aquel diseño era asombroso.

Fascinado, dio la vuelta al resto de los papeles y fue viendo lo que ella había pensado para el restaurante, el bar y los dormitorios, todos ellos diseñados para tener el mismo vívido y vibrante impacto.

Extendió los dibujos en el escritorio y se ido cuenta de que había una carpeta transparente entre ellos. Volvió a fruncir el ceño y la abrió para ver lo que contenía. Había un sobre con muestras de tejidos y otro con ilustraciones de muebles y suelos de posibles proveedores, además de listas de precios, plazos de entrega, nombres de los proveedores y modo de ponerse en contacto con ellos.

Ella había buscado de forma metódica la información, que cubría todo lo que él necesitaba para decidir si aceptaba o no sus diseños y lo que le costaría. La presentación era tan concienzuda y profesional como brillante era su visión artística.

Siguió mirando el trabajo de Talia. Su cabeza era un caos.

—Buenas tardes —Talia sonrió alegremente al cliente que acababa de entrar en el concurrido café.

Se alegraba de que hubiera mucha gente, porque

así no tenía tiempo de pensar en Luke. Al estar tan ocupada, podía mantener a raya su dolor.

Solo durante la noche, mientras intentaba dormir en el sofá del salón del pisito encima del café, ya que su madre lo hacía en el dormitorio, sollozaba queda e inútilmente.

¿De qué le servía llorar?

Trataba de concentrarse en el trabajo: servir bebidas a los clientes, recoger los platos que salían de la cocina, de la que se encargaba Pepe, el sobrino de María, y vigilar a su madre, sentada en una mesita situada en un rincón, estudiando minuciosamente las cuentas del café, lo cual no dejaba de asombrar a Talia.

«Cariño, se me dan bien las cuentas», le había dicho. «Ya sabes que tenía que justificarle a tu padre cada penique que me gastaba».

Talia recordaba que su padre examinaba el coste de sus diseños, y todo aquello que le pareciera un gasto excesivo se lo quitaba de la mensualidad que le daba, en vez de un sueldo.

Sin embargo, no debía pensar en ello, ya que le recordaba su entusiasmo al trabajar en lo que costaría el ruinoso hotel del Caribe.

La invadió la angustia, y no solo por todo aquel esfuerzo desperdiciado, sino por algo mucho más insoportable.

Pero debería soportarlo, así que se apresuró a acercarse a las mesas para tomar nota de lo que los clientes deseaban.

El café se hallaba en una ciudad turística, que no le recordaba en absoluto el oropel de Marbella y Puerto Banús. Por eso le llamó la atención el logotipo de la camioneta que doblaba la esquina. Era el de una cara empresa de mensajería que recordaba de cuando le hacían caras entregas en la villa de Marbella.

El conductor se bajó y miró el café con aire inseguro.

—Busco a la señorita Grantham —le dijo. Llevaba un paquetito en la mano.

Talia lo miró y se le aproximó lentamente. Tomó el paquete y firmó con el ceño fruncido a causa de la confusión. El corazón se le aceleró y rasgó el envoltorio. Cuando, al levantar la tapa del estuche, vio el rojo brillante de su contenido, dio un grito de repulsión.

Cerró la tapa de un golpe y corrió hacia el conductor, que ya se estaba montando en la camioneta.

—¡Devuélvalo! —le tendió el paquete—. ¡No lo quiero! ¡Devuélvalo!

Dio media vuelta, con el corazón latiéndole a toda velocidad, y se apresuró a volver al café, llena de furia.

«Eso es lo que cree que soy: una princesa estúpida y mimada que quería que le regalara rubíes».

El dolor le traspasó el corazón, su estúpido corazón.

Luke estaba en el despacho. El sol bañaba las cumbres nevadas que se divisaban desde la ventana. Sin embargo, no las veía. Solo prestaba atención a lo que le decían por teléfono.

—¿Que lo han rechazado? ¿Qué es eso de que la villa está vacía? ¡No puede ser! Entonces, ¿dónde…? ¿Cómo? ¿Que las han localizado dónde?

«Le había dicho que podía quedarse otros tres meses».

¿Por qué, cuando ella había conseguido justo lo que le había ido a suplicar, se había marchado de la villa?

¿Y por qué había acabado en un café de mala muerte, en una ciudad de turismo barato, sirviendo mesas?

«Y, sobre todo, ¿por qué ha rechazado los malditos rubíes que le he mandado?».

La pulsera era muy cara. Rechazarla cuando se había visto reducida a trabajar de camarera… No tenía sentido.

Pero nada referente a ella lo tenía.

Se percató de que el teléfono volvía a sonar y lo descolgó. Solo llegaban a ese teléfono llamadas a las que antes su secretaria había dado el visto bueno. Cuando respondió, supo por qué. Escuchó con tensión creciente y una expresión sombría. Después, se limitó a asentir.

–Bien.

Solo una palabra, pero que tenía el valor de diez años.

Colgó y se acercó a la ventana. Contempló el lago y las montañas nevadas. La misma nieve parecía llenarle el corazón y los pulmones. Le asaltaron recuerdos muy antiguos y una palabra en su lengua materna.

«*Nemesis*».

Había tardado más de diez años y lo había transformado del joven despreocupado y lleno deseos de vivir en lo que ahora era: un agente de la oscuridad, una diosa implacable de la venganza. Némesis.

Se dijo que la justicia era más noble que la venganza.

Volvió al escritorio y se dejó caer en la silla. Se cruzó de brazos, con el rostro tenso.

Y recordó.

Recordó que lo que Grantham había hecho a su familia constituía una especie de absolución para cualquier pecado que él hubiera cometido en la persecución de aquel hombre y de su riqueza conseguida por malos medios. Pero ahora se le ocurrió otro pensamiento.

Cambió de expresión.

«Ella debe saberlo».

Respiró hondo.

«Y yo también».

Saber por qué Talia no seguía en la villa cuando le había rogado que le permitiera hacerlo; por qué había rechazado la pulsera de rubíes que le había mandado y había preferido seguir sirviendo mesas.

Apretó los labios hasta formar una fina línea.

«Y por qué pensé que carecía del más mínimo talento o profesionalidad, cuando lo que crea es deslumbrante».

Pero había una pregunta a la que, por encima de todo, necesitaba hallar respuesta, costara lo que costara.

«¿Por qué me dejó?».

Capítulo 10

TALIA estaba pasando la fregona al suelo del café, antes de cerrar aquella noche. Las sillas se hallaban encima de las mesas. Pepe se había marchado, su madre se había ido a acostar y ella bostezaba, cansada tras una larga jornada laboral.

Miró las grandes ventanas del café. Un coche se había detenido frente a ellas, un vehículo negro, largo y lujoso, que hizo que, de repente, dejara la fregona y se apresurara a echar el pestillo de la puerta.

Demasiado tarde.

Él ya se había bajado del coche y se acercaba mientras ella intentaba, nerviosa, cerrar la puerta. Él la empujó sin esfuerzo y entró.

–Tengo que hablar contigo.

La voz de Luke era seca; su expresión, sombría. Sabía que estaba en el café, pero verla con la fregona y el cubo lo había dejado en estado de shock.

Ella retrocedió instintivamente.

–¡Vete! ¡Déjame en paz! –gritó mientras retrocedía. Se agarró a una mesa como si necesitara algo en que apoyarse.

De repente, le flaquearon las piernas y comenzó a ver de forma borrosa.

«No soporto que Luke me vea aquí. No soporto verlo».

Él avanzó al tiempo que volvía a hablar.

Ella trató de empujarlo, pero sus palabras la detuvieron.

—Escúchame, por favor. Tengo algo que decirte.

—¡No quiero oírlo! —gritó al tiempo que negaba violentamente con la cabeza.

Él no se dio por enterado. Debía decírselo, quisiera oírlo o no.

—Hay algo que debes saber.

Ella lo miró. El corazón le golpeaba el pecho como un martillo. Él la contemplaba con una expresión que no reconoció. No conseguía pensar con claridad porque sus sentidos se hallaban en estado de alerta por su proximidad.

Él habló y ella oyó lo que decía, pero no lo asimiló.

—Talia, tu padre ha muerto.

Talia se tambaleó cuando fue consciente de sus palabras. Él lanzó una maldición y la agarró de los brazos para que no perdiera el equilibrio. La empujó con suavidad para que se sentara en una silla que bajó de la mesa.

Debía habérselo dicho con más suavidad, pero volver a verla, tenerla frente a él... Le era imposible creer que su presencia fuera real.

Y eso sin tener en cuenta los cambios que observaba: el cabello recogido de cualquier manera en una cola de caballo, la total ausencia de maquillaje y la camisa blanca y la falda negra que llevaba. La fregona se hallaba detrás de ella.

Su cerebro se esforzó en unir aquella imagen con

la de la chica rica y mimada que había tenido de ella durante tanto tiempo.

—¿Cómo… cómo te has enterado? —preguntó con voz débil y los ojos brillantes, que miraban el suelo.

Luke bajó otra silla y se sentó.

—Lo he estado buscando. Que hubiera desaparecido me complicaba los últimos detalles para hacerme cargo de su patrimonio. Además… —se quedó callado.

«Además, tenía que saber qué le había sucedido al hombre al que había destruido».

Respiró hondo. La mala noticia haría que ella abandonara toda esperanza de que su padre volviera para rescatarla de una vida fregando suelos.

—¿Cómo murió? —seguía sin mirarlo.

—Se… se cayó de un balcón en Estambul.

Ella alzó la vista para mirarlo. Había notado la vacilación de su voz.

—¿Se cayó?

Luke apretó los labios.

—Fue un accidente. Es lo que dirá el informe oficial. Y lo mejor es dejarlo así.

A ella se le crispó el rostro.

—¡Dime la verdad!

Él volvió a respirar hondo. Si quería saber la cruda verdad, se la diría. ¿Por qué no iba a saber a lo que había recurrido su cariñoso padre?

—Para intentar evitar la ruina económica, tu padre acabó pidiendo dinero prestado a personas a las que era desaconsejable no devolvérselo.

No añadió nada más. No era necesario. Daba lo mismo que Gerald Grantham se hubiera tirado o lo hubieran empujado.

Se levantó.

—No quería que te enteraras por la policía o los periódicos.

Ella lo miró sin expresión.

—¿Así que has venido a decírmelo en persona?

—Sí —contestó él con la misma falta de expresión que ella.

—Pues ya que me lo has dicho, puedes marcharte —dijo ella mientras se levantaba.

La emoción que bullía en el interior de Luke destruyó la máscara de su rostro.

—Talia, ¿qué pasa? ¿Qué haces aquí? —preguntó él señalando el café.

—No es asunto tuyo. Nada que se refiera a mí lo es.

Él dio un paso hacia ella y la agarró de los brazos. Las emociones que experimentaba le resultaban difíciles de soportar.

—Háblame, Talia, por favor. Me lo debes. Después de lo que ha habido entre nosotros…

Ella se deshizo de sus manos con violencia.

—¡No me toques! —gritó.

De repente, de detrás de la barra, donde había una puerta que conducía al piso de arriba, llegó otra voz.

—¡Apártate de mi hija!

Talia se volvió. Maxine se apretaba la bata contra el delgado cuerpo y los ojos le brillaban de furia.

—No pasa nada, mamá. Se marcha ahora mismo —se volvió hacia Luke—. Vete, por favor —se giró hacia su madre—. Mamá, por favor, no pasa nada. Vuelve arriba. Voy a cerrar. Subiré dentro de un minuto. Por favor.

Pero su madre avanzó hacia Luke, que se había quedado inmóvil.

—¡Apártate de mi hija! —gritó de nuevo.

Luke se dio cuenta de que la madre de Talia hiperventilaba y que se intensificaba el color de sus mejillas. Maxine se llevó una temblorosa mano al pecho y se derrumbó a cámara lenta.

–¡Mamá! –chilló Talia al tiempo que se agachaba donde su madre había caído.

Luke la apartó. Talia volvió a gritar, pero él le dio su móvil.

–¡Llama a una ambulancia! –le ordenó.

Maxine parecías estar sin vida. Le buscó el pulso sin hallárselo. Le abrió la bata y le presionó el pecho para efectuarle la reanimación cardiopulmonar. Lo asaltaron los recuerdos.

Recuerdos asfixiantes, cargados de miedo y horror.

–¿Vivirá? –Talia intentó hallar las palabras necesarias en español. No sabía qué había dicho, pero el personal sanitario lo entendió.

–Haremos lo posible.

La ambulancia arrancó a toda velocidad, con la sirena aullando.

Talia no sabía dónde estaba el hospital y le pareció que tardaban siglos en llegar. Pero su madre aguantó. Al llegar el personal sanitario al café, le habían aplicado un desfibrilador, la habían tumbado en una camilla y conectado a diversos monitores. Y ahora la llevaban donde podían salvarle la vida.

Y durante la larga noche que siguió, con Talia sentada a su lado en Cuidado Intensivos, agarrándole la mano con fuerza, el hilo de vida, a pesar de su fragilidad, se mantuvo.

Por la mañana, el cardiólogo visitó a su madre y la

examinó. Le dijo a Talia que debía seguir sedada, pero que viviría. La reanimación cardiopulmonar, realizada inmediata y correctamente, la había salvado.

Cuando Talia llegó a la recepción, atontada por el alivio y el cansancio, Luke se levantó de un banco.

—¿Cómo está? No me han dicho casi nada.

Ella lo miró.

—¿Llevas aquí toda la noche?

Estaba demacrado y con barba de un día. Tenía los ojos hundidos.

—¿Qué otra cosa podía hacer? ¿Cómo está?

—Saldrá adelante. Tiene que quedarse hospitalizada hasta que se recupere de la operación. Y quieren que pase un tiempo de convalecencia en una residencia.

—Me ocuparé de todo.

Ella negó con la cabeza.

—No es asunto tuyo.

Intentó seguir su camino pasando a su lado. Debía ir a trabajar al café.

Él la agarró del brazo.

—Tenemos que hablar, Talia. Sobre todo, ahora.

Ella lo miró. Estaba agotada físicamente, por haber velado a su madre toda la noche, y emocionalmente, por haber vuelto a ver a Luke.

Negó con la cabeza. Quería alejarse de él, pero no le quedaban fuerzas. Salieron del hospital y anduvieron, sin decir nada, hasta el paseo marítimo.

Se sentaron en un banco. Ella, automáticamente, se deslizó hasta el extremo del mismo, para alejarse de él. Ya le resultaba difícil estar allí, con él. Estar tan cerca le era imposible.

Todo lo relacionado con él lo era.

«Imposible. Imposible. Imposible».

La palabra le resonó en el cerebro.

«No me ve cómo soy en realidad, por lo que todo es imposible».

No podía mirarlo, así que fijó la vista en el mar. La playa comenzaba a llenarse.

—¿Por qué no me contaste lo de tu madre? —preguntó él en tono sombrío.

Talia lo miró y volvió a apartar la vista.

—¿Qué importancia tiene eso?

—Es lo que quiero saber.

—No tiene ninguna.

—¿Sabías que tenía el corazón débil?

Ella volvió a mirarlo.

—Sí —volvió a fijar la vista en el mar—. Por eso quería que nos quedáramos en la villa de Marbella algo más de tiempo. Ya estaba enferma cuando tuve que decirle que también la habíamos perdido. Le resultó… difícil aceptarlo.

Hablaba de forma forzada porque no quería contarle nada. Pero no tenía fuerzas para enfrentarse a Luke.

Oyó que él lanzaba un juramento en griego.

—¿Por qué no me lo dijiste cuando fuiste a mi despacho a rogarme que no os desahuciara?

Ella giró la cabeza. Y habló con voz fría y airada.

—¿Decirte qué? ¿Que la esposa del hombre al que habías arruinado no se lo había tomado muy bien? ¿Que no le gustaba el no poder disponer de un generoso presupuesto para seguir llenando su guardarropa de prendas de diseño? ¿Que lo único que le quedaba era una mansión de ocho dormitorios y diez cuartos de baño, en una finca de Marbella, de la que no soportaría marcharse? ¿Por qué no te dije eso?

Vio que el rostro de él se ensombrecía ante la violencia de su voz.

—¿Y qué habrías hecho, Luke, si te lo hubiera dicho? Me dijiste que contemplara la realidad, que nuestros días de ser ella una reina y yo una princesa se habían acabado. Yo ya lo sabía, pero... —se quedó callada.

Volvió a mirar el mar, sin verlo, deslumbrante bajo el sol.

—Pero mi madre no podía aceptarlo. Se aferraba a la esperanza. Se hacía falsas ilusiones pensando que mi padre lo solucionaría todo y volvería a salvarnos.

«Y lo que creía mi madre tenía la misma falta de sentido que las ilusiones que me hice contigo, Luke, y que hiciste pedazos cuando me dejaste claro lo que pensabas de mí».

¿De qué servía recordar las estúpidas ilusiones que se había hecho sobre él? Se levantó torpemente. Lo miró. Él alzó la cabeza, pero su expresión era indescifrable.

Talia lanzó un profundo suspiro. Aquello era demasiado. Su madre había estado a punto de morir y quien la había salvado, al hacerle la reanimación cardiopulmonar, se hallaba frente a ella. Merecía su gratitud, con independencia de cómo se hubiera portado con ella.

—Gracias, Luke, por lo que hiciste ayer por mi madre en el café.

—No me lo agradezcas. Si yo no me hubiera presentado allí, probablemente a ella no le habría pasado nada —se levantó—. Talia...

Ella negó con la cabeza.

—¡No, Luke! No puedo soportar más preguntas. Tengo que irme a trabajar.

Él lanzó una maldición.

—¡Es absurdo que trabajes allí!

—Debo irme. Llego tarde. Tengo que abrir el café —respiró hondo y dijo lo que tanto le costaba decirle—. No quiero volver a verte. Por favor, déjame en paz.

No lo miró. No pudo. Con la cabeza gacha, se alejó a toda prisa del paseo y se perdió entre las callejuelas, en dirección al puerto y al café.

En el café, el sobrino de María se quedó conmocionado ante la noticia y le dijo a Talia que buscaría a un amigo para que sirviera las mesas esa noche y que debía volver con su madre. Ella, agradecida, accedió.

Cuando, al final del día, se dirigió al hospital, se detuvo en un cajero para ver si podían permitirse que su madre pasara una semana de convalecencia en una residencia.

Después, Maxine tendría que acabar de recuperarse en el piso donde vivían. No tenían dinero para nada más.

La oferta de Luke de hacerse cargo de los gastos de su madre se balanceaba ante ella como una fruta exquisita pero venenosa.

«No puedo. No puede ser. Me reduciría…».

La reduciría a aquello en lo que se habría convertido de haberse quedado con él, a lo que él siempre había creído que era, incluso cuando estaba en sus brazos: un adorno lamentable e inútil.

Ahogó un grito de dolor y siguió su camino a toda prisa. Era inútil pensar en Luke y en el pasado. Debía centrarse únicamente en su madre, como lo había hecho toda la vida.

Y al haber estado a punto de perderla, se había convertido en algo aún más preciado para ella.

Se estremeció. Debido al miedo que había pasado por su madre y a la angustia de haber visto de nuevo a Luke, no había vuelto a pensar en que su padre había muerto. Se sintió culpable por no sentir pena alguna.

Su padre solo había sido una presencia maligna y controladora en su vida y la de su madre.

La vida que Luke había salvado.

Sabía que, si Luke no hubiera ido al café, era probable que su madre no hubiese sufrido un ataque cardiaco, pero había sido la conducta inmediata de él lo que la había salvado.

Y por ello le estaría eternamente agradecida.

Su madre, recostada sobre las almohadas y conectada a monitores, la saludó con una sonrisa débil. Talia la abrazó con delicadeza al tiempo que cerraba los ojos y daba las gracias en silencio por no haberla perdido.

Cuando la soltó, su madre habló con voz agitada mientras la agarraba del brazo.

—¡Ese hombre, cariño! ¡Ese hombre horrible!

—Se ha ido, mamá. No volveremos a verlo.

Su madre la agarró con más fuerza.

—Cariño, no debes volver a verlo, después de lo que me contaste.

Talia negó con la cabeza.

—No vino a intentar convencerme de que volviera con él.

Respiró hondo. Debía contárselo, y tal vez el hospital fuera el lugar más seguro para hacerlo. Su madre había cambiado mucho desde que se habían marchado de Marbella. Se había vuelto fuerte y decidida, así que era posible que pudiera encajar aquel golpe definitivo.

Tomó las manos de su madre.

–Mamá, Luke Xenakis vino a verme para decirme…

Por el bien de su madre, se atuvo a la versión oficial de que había sido un accidente.

Su madre la escuchó. Después se soltó de sus manos y agarró las sábanas.

–Creo que siempre he sabido que no volvería. Estabas en lo cierto desde el principio, cariño – y añadió con voz dolorida–: Nunca nos quiso.

Miró a su hija.

–No entregues tu amor a alguien que no te corresponda.

Con los ojos llenos de lágrimas, Talia se inclinó a besarla en la mejilla. Dos palabras le resonaban en el cerebro.

«Demasiado tarde».

La invadió la desolación.

Capítulo 11

FRENTE al hospital, Luke estaba sentado en el coche que había alquilado, esperando divisar a Talia. Sabía que estaba viendo a su madre porque lo había preguntado en recepción. Le quemaba el cerebro la pregunta desesperada que debía hacerle y para la que necesitaba una respuesta. Tenía que saber por qué Talia le había dicho que la dejara en paz.

Tenía la vista fija en la entrada del hospital. De repente apareció ella, con la cabeza gacha y los hombros hundidos.

Luke arrancó, se acercó a ella y se bajó de un salto.

Ella se sobresaltó.

—Déjame que te lleve, Talia, por favor. Pareces extenuada.

Ella intentó seguir andando, pero él la asió del brazo. Abrió la puerta del copiloto creyendo que ella opondría resistencia. Pero, como si las fuerzas la hubieran abandonado de repente, ella se montó dando un suspiro.

Luke volvió a subirse al coche y arrancó.

—¿Cómo está tu madre?

Intentó que la voz le saliese lo más neutra posible. Le supuso un esfuerzo, pero lo consiguió. Era una tortura volver a tenerla tan cerca, aspirar su aroma y sentir su presencia.

Ella volvió a suspirar, sin mirarlo.

–Mejor, pero sigue débil –tragó saliva–. Le he contado lo de mi padre.

–Será duro para ella, y también para ti.

Talia no contestó. Cerró los ojos. La invadió un profundo cansancio.

–¿Por qué sigues aquí, Luke? Te he dicho que no quiero volver a verte.

Vio que él cambiaba de marcha y que el coche giraba a la izquierda.

–Por aquí no se va al café.

–Lo sé. Tengo que hablar contigo.

–¡No tenemos nada que decirnos! –gritó ella–. ¡Y no quiero oír lo que me tengas que decir!

La voz y la expresión de él eran sombrías.

–Pero hay muchas cosas que yo quiero saber de ti. Y no voy a marcharme de España hasta obtener respuestas.

Aceleró. Talia se dio cuenta de que estaban saliendo de la ciudad y se adentraban en el interior, hacia las colinas. Se le hizo un nudo en el estómago, pero no podía hacer nada.

Comenzaron a subir por una carretera serpenteante hasta llegar a un mirador. Luke aparcó. Por debajo de ellos, las luces de la ciudad hendían la oscuridad y el mar brillaba bajo la luna.

Él se volvió a mirar a Talia, que tenía la vista fija en el parabrisas. Su expresión era indescifrable.

–Necesito que me contestes una pregunta muy sencilla. Y me debes una respuesta –notó que el corazón se le aceleraba–. ¿Por qué me abandonaste?

Ella volvió la cabeza y lo miró sin expresión.

–No quise aceptar tu oferta, Luke.

–¿Prefieres trabajar como una esclava en un café? –preguntó en un tono claramente desdeñoso.

Ella no contestó. Él intentó controlar las emociones que bullían en su interior.

«No quise aceptar tu oferta». Las palabras de ella le resonaron en el cerebro.

«Entonces, ¿qué oferta quería?».

–¿Y por qué trabajar de camarera? –insistió él–. ¿Por qué no de interiorista? Eres buena, Talia, muy buena. Me equivoqué al pensar lo contrario. Tus diseños para el hotel son asombrosos y quiero utilizarlos.

Durante unos instantes, observó que algo se agitaba en los ojos de ella, pero desapareció de inmediato. Vio que había cerrado los puños.

¿Por qué? Nada de todo aquello tenía sentido.

–Todo esto es un sinsentido, Talia. Servir mesas cuando podías estar utilizando tu talento…

Ella giró bruscamente la cabeza.

–¿A qué talento te refieres? ¿Al de mis diseños o al de ser lo bastante buena en la cama para ser tu amante?

–¿Cómo? –preguntó él con los ojos brillantes de ira.

Ella, como una presa que se desbordara, perdió el control. No pudo soportarlo más.

–Ya me has oído. Me regalaste una pulsera de rubíes y me dijiste que habría muchas otras joyas como esa. ¿En qué me convertía eso, salvo en tu amante? Era el pago por los servicios prestados.

Luke agarró el volante con fuerza mientras lanzaba un improperio.

–No es eso lo que pensaba de ti. Solo intentaba transmitirte que te cuidaría, que entendía, y que sigo entendiendo, la difícil situación en que te hallabas sin tu padre para cuidarte como lo hacía, como estabas acostumbrada a que lo hiciera. Que yo ocuparía su lugar…

Ella emitió un sonido duro y desagradable, en el que había sorpresa y algo más.

Horror.

Los ojos le relampagueaban de furia y se había quedado sin aliento.

La emoción invadió a Luke como una marea negra, imparable. Volvió a hablar y pronunció palabras afiladas como dagas.

–Tardé mucho en perdonarte por haberme abandonado la primera noche sin ninguna explicación. Hasta que no me enteré de quién era tu padre no entendí por qué lo habías hecho. Tardé un tiempo en decidir lo que debía ofrecerte para que fueras mía, la misma vida lujosa que te había dado tu padre. A ella volviste a toda prisa, por eso me abandonaste. Esa fue la decisión que tomaste, ¿verdad?

Ella se volvió hacia él, furiosa

–¡No, no fue la decisión que tomé! ¡La decisión que tomé, Luke, fue la que he tenido que tomar toda mi vida!

Tenía el rostro contorsionado y sus ojos eran dos puntos de ira que lo atravesaron como dagas. Cerró los puños y los apoyó con fuerza en el salpicadero.

–No dejas de repetir que era una princesa mimada, la niña mimada de un padre que la adoraba, repleta de prendas de diseño y joyas, a quien se le había dado un trabajo sin importancia para que estuviera contenta, un piso de lujo gratis y un coche. Todo lo que una criatura mimada pudiera desear. Pues sí, lo era, Luke. Era una princesa consentida, pero vivía en una jaula.

De pronto, su voz perdió la vehemencia y se volvió hueca y sombría.

—En una jaula de barrotes de oro que mi padre había construido a mi alrededor. Y lo odiaba.

Él apretó los labios. La marea negra seguía en su interior.

—Podías haberte marchado, Talia, abrirte camino sola. Eres una interiorista de talento, podías haber trabajado de verdad y estar orgullosa de tu trabajo. Me has demostrado tu capacidad en los diseños del hotel. ¿Por qué no tuviste el valor de abandonar esa jaula dorada?

Talia percibió el tono condenatorio de su voz y una sensación de vacío que conocía muy bien se apoderó de ella. Las manos le cayeron sobre el regazo y se recostó en el asiento. Se pasó la mano por los ojos. Estaba muy cansada. Le partía el corazón estar allí con Luke, que se mostraba tan duro y falto de comprensión como cualquier otro. La veía como lo hacían todos los demás.

Desde el momento en que había entrado en su despacho y ambos se habían dado cuenta de la relación que los unía, él la había tratado como a alguien inferior a la persona que ella sabía que podía, quería e intentaba ser. La persona que creía que él había visto la primera e increíble noche que habían pasado juntos y, después, de nuevo en el Caribe.

«Pero en la isla seguía pensando lo mismo de mí. Me esforcé en realizar los diseños, y ni siquiera les echó una ojeada. Pensaba en cómo comprarme para poseerme y controlarme, igual que mi padre. Creí que me ofrecía la libertad, pero estaba construyendo su propia jaula dorada a mi alrededor».

Él no lo entendería, así que no sabía por qué se molestaba en explicárselo.

Su madre estaba en el hospital. Al cabo de un par de días la trasladaría a una residencia y luego al piso encima del café, en el que vivían. Y ella continuaría sirviendo mesas, fregando suelos e intentando arreglárselas.

Luke se marcharía y seguiría con su vida, la de un hombre rico que nada tenía que ver con ella, y no volvería a verlo.

—No, Luke, no tuve el valor de marcharme —suspiró, derrotada—. Solo tuve el valor de quedarme.

Ni siquiera se molestó en mirarlo.

¿Para qué?

—No lo entiendo.

Finalmente, lo miró y le contestó sin ánimo ni fuerzas:

—Mi padre me lo daba todo, como acabas de decir, pero me hacía pagárselo. A mi madre también. No de un modo del que los demás se percataran, pero se lo teníamos que pagar. Teníamos que vivir como él quería, llevar la ropa y atender a los invitados que él deseaba y ser los adornos de su vida llena de éxitos que quería que fuéramos. Ese era nuestro cometido: ser una esposa y una hija trofeo.

—Y lo aceptabas —la voz de Luke seguía condenándola.

Debería dejar de hablar, ya que no iba a entenderla. Pero continuó.

—No, pero mi madre sí —cerró los ojos—. Nadie entiende lo que sucede en la cabeza de alguien que está sometido a otra persona que quiere controlar todos los aspectos de su vida. Me esforcé en hacer que viera lo que era mi padre, pero estaba ciega. Mi padre sabía que yo no lo conseguiría, por mucho que lo deseara.

Su voz se volvió amarga.

—Y esa se convirtió en su manera de controlarme, ya que, si hacía algo que lo desagradaba, se lo hacía pagar a mi madre, y después me contaba lo que le había hecho. Y si intentaba salir de la jaula, ejercer mi voluntad, mi madre pagaba las consecuencias. Me pasaba la vida tratando de tranquilizarla y apoyarla, de protegerla. No podría liberarme mientras fuera ella la que sufriera. Y se necesita valor para soportarlo, Luke, más del que te imaginas.

Sus ojos centellearon.

—Y una noche, en aquella fiesta, me atreví a correr un riesgo que solo había corrido en una ocasión. La única vez que me había atrevido a tener un idilio, mi padre impuso su castigo, no a mí, sino al joven, al que despidió de su trabajo y cuya reputación arruinó, de modo que no le volvieran a dar empleo en ese campo. Para que yo no volviera a hacerlo. Era su forma de controlarme.

Luke tenía la expresión severa y la mirada sombría.

—Cuando me hablaste de que nos escapáramos al Caribe, sabía que no podría irme contigo, Luke, que no podría abandonar a mi pobre madre y que no podía arriesgarme a que mi padre hiciera contigo lo que había hecho a aquel joven. No sabía nada de ti. No sabía quién eras. Lo único que sabía era que tenías un reloj de lujo y que te alojabas en un hotel muy caro. Pero eso no hubiera bastado para protegerte de mi padre. Era muy poderoso y extremadamente rico.

Se echó a reír sin alegría.

–Y, mientras tanto, te disponías a apoderarte de Grantham Land. Por eso, esa mañana, mi madre me mandó un montón de desesperados mensajes. Mi padre había desaparecido. Ahora sé por qué: porque estabas a punto de ultimar la adquisición de todo lo que poseía y a dejarnos a mi madre y a mí en la más absoluta pobreza, que fue lo que me obligó ir a rogarte y lo que hizo que pensaras de mí lo que piensas –su voz adquirió un tono salvaje–: que lo único que deseaba era ser tu pájaro enjaulado, mimado y enjoyado.

Volvió a soltar una risa hueca, que interrumpió bruscamente.

–¡Qué paradójica es la vida, Luke! ¡Resulta que eres otro canalla rico y despiadado como mi padre!

Oyó que él maldecía en griego de forma dura y desagradable, a pesar de que no lo entendía. Él le lanzó palabras en griego y, después, en inglés, con los ojos brillantes de furia.

–¡No me parezco en nada a tu padre!¡En nada! ¡No me parezco en nada al hombre que mató a mi padre!

Convulso de emoción, la miró sin verla, porque lo que veía era el pasado.

Comenzó a hablar.

–Mi padre era dueño de un hotel, pequeño pero muy bonito. Había sido la casa de su abuelo, al lado del mar, un oasis de paz y tranquilidad entre olivares, en una isla del Egeo. Lo era todo para mis padres, lo apreciaban mucho y le habían dedicado la vida. Pero…

Su voz se ensombreció.

–Cuando era estudiante, un terremoto causó graves daños al hotel. Mis padres no tenían dinero para restaurarlo, así que… –hizo una pausa–. Así que, cuando un rico inversor inglés les ofreció ayuda económica, no se creyeron la suerte que habían tenido.

Hizo otra pausa.

—Mis padres eran gente sencilla e ingenua en muchos aspectos. Confiaron en aquel inglés entusiasta y firmaron todo lo que les puso delante, creyendo que tenían años para saldar la deuda con los beneficios del hotel. Parecía un trato justo.

Observó que la expresión de Talia cambiaba.

—Pero tu padre no creía en tratos justos, sino en obtener beneficios de la manera que fuese. Y lo que vio en aquella ocasión no fue el pequeño hotel de mis padres, sino el valioso terreno en el que se hallaba, al lado del mar y en primera línea de playa, listo para empezar a construir.

Luke torció la boca.

—No hará falta que te diga qué firmaron mis padres con tanto agradecimiento: un contrato que otorgaba al tuyo el control absoluto del resto del terreno. Las motosierras talaron los olivos, lo bulldozers aplanaron la tierra y los obreros construyeron un hotel monstruoso al lado del de mis padres, destruyendo su encanto y belleza. Los arruinó para siempre. Y cuando no pudieron devolverle el dinero prestado, les arrebató todo lo que poseían. Todo.

Se dio cuenta de que seguía aferrado al volante. Levantó las manos y flexionó los dedos. Apartó la vista de Talia para fijarla en la lejana costa.

—¿Sabes por qué supe hacerle la reanimación cardiopulmonar a tu madre? Porque aprendí a hacerla.

Su voz adoptó un tono que asustó a Talia.

—Contemplé con mis propios ojos morir a mi padre de un ataque cardiaco, debido a lo que el tuyo le había hecho. Tu padre fue tan causante de su muerte como si lo hubiera apuñalado en el corazón.

Volvió a mirarla.

—Tu padre estaba condenado desde el día que enterré al mío. Me juré que lo arruinaría, que lo destruiría. Y, sí, la noche de la fiesta fue precisamente la del día que había conseguido el medio de hacerlo. Después de diez penosos años en que pasé de estudiante a magnate y reuní la fortuna que sabía que necesitaba para lograrlo, conseguí el número suficiente de acciones para asumir el control de Grantham Land.

Talia tardó unos segundos en hablar.

—Esa mañana volví a una jaula que ya no existía. Pero no lo sabía.

—¿Y si lo hubieras sabido?

Ella cerró los ojos, que le ardían.

—¿Qué más da, Luke?

Saber que él había sido una víctima de su padre en la misma medida que ella, que este había arruinado la vida de sus padres, al igual que las de otros muchos, no significaba nada.

—¿Qué más da? —repitió—. Tampoco importa por qué abandoné la jaula dorada que me ofreciste en el Caribe. Creí que tendría una segunda oportunidad contigo, en la isla. Sabía que, dondequiera que estuviese, mi padre no iba a volver, lo que implicaba que mi madre y yo estábamos sin un céntimo. Pero también implicaba que podía encontrar la felicidad.

Hablaba con tristeza mirándose las manos.

—Enterarme de lo que pensabas de mí me arrancó esa estúpida ilusión.

Se obligó a mirarlo a los ojos. El rostro de él carecía de expresión.

–Lo siento, Luke. Siento ser la hija del hombre que te hizo tanto daño. Siento haberte abandonado esa mañana, después de la fiesta. Siento no querer ser tu amante. Siento…

Se interrumpió porque él la había agarrado de la mano.

–¿Crees que quería que fueras una princesa mimada que esperaba una vida lujosa?, ¿que la fortuna de tu padre te hubiera corrompido hasta el punto de desearla en cualquier hombre que eligieras para sustituirlo? –respiró hondo–. ¿No sabes lo que quiero?, ¿lo que he querido desde el momento en que te vi?

Le tomó la otra mano y se la llevó a la mejilla. La mano de Talia parecía paralizada, como paralizada estaba ella, conteniendo la respiración y mirándolo fijamente.

–Sé que no debería desearte después de haberme abandonado, de saber que eras hija de mi enemigo, de suplicarme que te dejara quedarte en la villa de Marbella, de que sucumbiera a la tentación de llevarte al Caribe diciéndome que era para que trabajaras y te ganaras el derecho de seguir en la villa.

Su voz se tornó grave mientras se condenaba a sí mismo.

–Ni siquiera cuando me decía, mientras estábamos abrazados, que debía ser indulgente contigo porque eras una flor de invernadero incapaz de sobrevivir sin estar rodeada de lujos y sin alguien que te cuidara. Sabía que no debía desear una mujer así.

Él se detuvo y Talia notó sus fuertes dedos en su lánguida mano.

–Pero lo hacía. Vaya si lo hacía.

Le soltó la mano bruscamente. De repente, sintió

claustrofobia dentro del coche. Abrió la puerta y se bajó. Sintió la suave brisa nocturna mientras notaba los desbocados latidos de su corazón.

Se había equivocado con ella. Por completo.

Oyó que ella se bajaba del coche y que se le acercaba.

—Y yo sabía —dijo ella con voz tensa— que no debía desear a un hombre que tenía tan mal concepto de mí —hizo una pausa—. Pero lo hacía —hizo otra pausa—. Lo sigo haciendo.

Durante unos segundos, él no se movió. Después se volvió hacia ella muy despacio.

—Me costó mucho dejarte esa mañana, después de la fiesta. Pero tuve que hacerlo por el bien de mi madre. Y me costó aún más abandonarte en la isla, pero tuve que hacerlo por mi propio bien. Porque quedarme me hubiera destruido día a día, noche a noche, sabiendo lo que pensabas de mí. Me habría convertido en una mujer enamorada de un hombre que la despreciaba.

Luke le puso la mano en el brazo.

—¿Qué has dicho?

Talia lo miró y, a la luz de la luna, vio que su expresión cambiaba.

—¿Has dicho que te habrías convertido en una mujer enamorada?

Lágrimas calientes comenzaron a escapar al control al que Talia las había sometido hasta ese momento.

—No debería haberlo dicho. Ahora ya no tenemos nada más que decirnos.

—Claro que sí —afirmó él con vehemencia—. Después de todo lo que nos hemos dicho, no hemos mencionado lo que verdaderamente importa.

Respiró hondo y la miró a los ojos.

—Desde la primera vez que te vi, supe instintivamente que eras especial. No tenía nada que ver con la
meta que finalmente había alcanzado, la destrucción
del hombre que había destruido a mis padres. Por fin
me había librado de ese peso y era libre de elegir qué
hacer con mi vida. Libre de enamorarme.

Ella dio un grito, pero él no podía parar.

—Si te hubieras quedado conmigo después de nuestra primera noche juntos, me habría enamorado de ti
entonces.

Vio que las lágrimas le corrían por las mejillas y la
abrazó estrechamente.

—Te suplico que me perdones por haber pensado
mal de ti. ¡Intentaré compensártelo con todas mis
fuerzas y ser digno de tu amor!

Ella lo abrazó aferrándose a él, que notó que sollozaba. Le tomó el rostro entre las manos con delicadeza y la besó en los labios.

—No llores. No vuelvas a llorar. Respeto todo lo
referente a ti: tu lealtad a tu madre, tu valor al quedarte con ella y no abandonarla a la ira de tu padre
para conseguir tu libertad. Te respeto por la fuerza y
el coraje que has demostrado al protegerla de la ruina
de tu padre, costara lo que costara. Y, sobre todo, respeto la decisión que tomaste de abandonarme esa primera mañana y cuando lo hiciste en el Caribe por
haberme hecho una idea completamente equivocada
de ti.

—¡Estaba asustada! —gritó ella—. Tenía miedo de
repetir lo que había hecho mi madre: quedarme con
un hombre que me trataba con desprecio y que nunca
me querría.

Él volvió a besarla.

—Quiéreme como te quiero.

La sonrisa de Luke derritió las duras palabras que acababan de intercambiar.

—Te quiero hasta el infinito —afirmó ella.

Volvió a sollozar y él se echó a reír y, a la luz de la luna, comenzó a dar vueltas con ella en sus brazos, levantándola del suelo. Después volvió a depositarla en él con suavidad.

—Llora todo lo que quieras —dijo en voz baja— porque, cuando acabes, no quiero que vuelvas a hacerlo.

Cerró los ojos momentáneamente, presa de una emoción incontenible. Volvió a abrirlos mientras le pasaba el brazo por la cintura. Se volvieron a contemplar la ciudad, la costa y el horizonte. Sintió una inmensa paz de espíritu.

—Por fin somos libres. Libres de lo que nos hizo tu padre, libres de vivir la vida como queramos. Y libres incluso —concluyó con ironía— si queremos, de aprovechar la suite de mi hotel. Es un lugar precioso en las colinas. ¿Vendrás conmigo? ¿Te quedarás esta vez?

La sonrisa de ella era lo único que necesitaba contemplar.

—No volveré a dejarte, Luke. Nunca.

Era una promesa a él y a sí misma.

Epílogo

Q UÉ OPINAS, mamá?

Talia hizo un movimiento circular con el brazo para indicar el vestíbulo del hotel, con el suelo azul cobalto y las paredes verde esmeralda, que se abría a los magníficos jardines.

—Tienes una hija con un talento increíble —dijo Luke, sonriendo a su lado.

La madre de Talia aplaudió.

—¡Es maravilloso, cariño!

El hombre que estaba al lado de Maxine sonrió.

—Muy bien, Talia. ¿Cuándo es la inauguración?

Luke tomó a Talia de la mano.

—Justo después de la boda. Hasta entonces, lo tenemos solo para la familia. Talia y yo queremos ir a la capilla al aire libre que hay en el promontorio. ¿Vamos ahora a echar un vistazo?

—¡Sí! —exclamó Maxine y miró al hombre—. Tal vez, después de que vosotros os hayáis casado, Mike y yo la utilicemos.

El rostro de Talia se iluminó.

—¡Sería maravilloso, mamá!

Miró con afecto a Mike, un hombre afable, de rostro curtido y barba de pirata. Llevaba unos vaqueros bermudas y una camiseta de rayas, el uniforme del dueño de un yate dedicado a navegar. Era la antítesis de su padre.

Estaba muy contenta. Desde que Luke había ido al hospital a ver a su madre, nueve meses antes, y le había dicho que Talia y él se querían, su madre había florecido. Después, Mike, que un día había anclado su barco en el muelle del hotel, reconoció a Maxine, de visita en la isla, porque había tenido un idilio juvenil con ella, y se quedó para revivirlo.

Los cuatro salieron a la terraza y tomaron un sendero. No había ni rastro de la devastación causada por el huracán.

Talia no cabía en sí de felicidad. Se apoyó en Luke.

—¿Cómo puedo ser tan feliz? —musitó.

Él le sonrió con los ojos llenos de amor.

—Porque te lo mereces —contestó besándola en la frente.

La condujo a un pequeño promontorio cubierto de hierba, donde varias palmeras se inclinaban ante la constante brisa. La capilla al aire libre estaba allí. Se detuvieron para que Maxine y Mike los alcanzaran.

Los cuatro se volvieron a mirar el hotel, ahora totalmente restaurado, tras meses de obras interminables.

Talia volvió a sentir el corazón rebosante de alegría.

—¡Lo hemos dejado precioso! —exclamó.

—Como se merecía —observó Luke. La miró y le apretó la mano—. Y sé por qué estaba tan resuelto a salvarlo.

Había un deje de tristeza en su voz que hizo que ella le apretara la mano, a su vez, para consolarlo.

—Porque lo que se ha roto se puede reparar con tiempo y amor: los edificios, las personas, las relaciones…

—Lo has salvado por tus padres —dijo Talia en voz baja—. Y me alegro mucho.

Luke se volvió hacia ella.

—¿De verdad serás feliz casándote aquí?

Ella alzó la vista hacia él.

—¿Cómo me lo preguntas? Sería feliz casándome contigo, cariño, en cualquier lugar. Porque eres mi corazón, Luke. Todo mi corazón.

Él inclinó la cabeza buscando su boca. Sentía una inmensa paz. Paz, agradecimiento y amor. Siempre amor. Y el amor lo abrazó como abrazaba él a su amada… Los abrazó para siempre.

**Habían guardado su relación en secreto…
¡hasta que Zuhal descubrió que tenía
un heredero!**

EL HEREDERO OCULTO DEL JEQUE

Sharon Kendrick

N° 2763

Heredar el trono ya había sido una enorme sorpresa, pero cuando su encuentro con Jasmine Jones, la que había sido su amante, se vio interrumpido por el llanto de un niño, el jeque Zuhal descubrió que, además, tenía un hijo. Su romance secreto había sido apasionado e intenso, y peligrosamente abrumador. Para reclamar a su hijo, Zuhal debía llevar a Jasmine al altar. ¡Y estaba dispuesto a convencerla utilizando todas sus armas de seducción!

Acepte 2 de nuestras mejores novelas de amor GRATIS

¡Y reciba un regalo sorpresa!

Oferta especial de tiempo limitado

Rellene el cupón y envíelo a
Harlequin Reader Service®
3010 Walden Ave.
P.O. Box 1867
Buffalo, N.Y. 14240-1867

¡Sí! Por favor, envíenme 2 novelas de amor de Harlequin (1 Bianca® y 1 Deseo®) gratis, más el regalo sorpresa. Luego remítanme 4 novelas nuevas todos los meses, las cuales recibiré mucho antes de que aparezcan en librerías, y factúrenme al bajo precio de $3,24 cada una, más $0,25 por envío e impuesto de ventas, si corresponde*. Este es el precio total, y es un ahorro de casi el 20% sobre el precio de portada. !Una oferta excelente! Entiendo que el hecho de aceptar estos libros y el regalo no me obliga en forma alguna a la compra de libros adicionales. Y también que puedo devolver cualquier envío y cancelar en cualquier momento. Aún si decido no comprar ningún otro libro de Harlequin, los 2 libros gratis y el regalo sorpresa son míos para siempre.

416 LBN DU7N

Nombre y apellido	(Por favor, letra de molde)
Dirección	Apartamento No.
Ciudad	Estado Zona postal

Esta oferta se limita a un pedido por hogar y no está disponible para los subscriptores actuales de Deseo® y Bianca®.
*Los términos y precios quedan sujetos a cambios sin aviso previo.
Impuestos de ventas aplican en N.Y.

SPN-03

©2003 Harlequin Enterprises Limited

DESEO

Una noche para amarte

KATHERINE GARBERA

Nº 175

Al campeón de Fórmula Uno Íñigo Velasquez le gustaban los coches veloces y las mujeres rápidas. Sin embargo, una noche con la conocida Marielle Bisset le hizo pisar el freno. Era preciosa, y también la mujer que había hecho sufrir a su hermana. Para la familia de Íñigo, Marielle era su peor enemigo. En su cama, aquella enigmática seductora era mucho más. Estaba acostumbrado a ganar, pero ¿podría triunfar con Marielle sin perder a su familia?

Bianca

Solo iba a tomar lo que le correspondía

TERREMOTO DE PASIONES

Maya Blake

Nº 2767

Reiko Kagawa estaba al corriente de la fama de playboy del marchante de arte Damion Fortier, que aparecía constantemente en las portadas de la prensa del corazón, y del que se decía que iba por Europa dejando a su paso un rastro de corazones rotos. Sabía que había dos cosas que Damion quería: lo primero, una pintura de incalculable valor, obra de su abuelo, y lo segundo, su cuerpo. Sin embargo, no tenía intención de entregarle ni lo uno, ni lo otro.

Damion no estaba acostumbrado a que una mujer hermosa lo rechazase, pero no se rendía fácilmente, y estaba dispuesto a desplegar todas sus armas de seducción para conseguir lo que quería.